이하의 날들

김사과
산문집

이하의 날들

창비

차 례

무력감이 떠나지 않는
다. 몇년 새 일기에 썼거나 자주 중얼거린 말이다. 낮게 깔린 구름에
짓눌린 도시처럼, 그런 무채색의 답답한 기운에 갇혀 있는 듯하다.
이유를 찾지 않았다. 사회가 나를 그렇게 만드는지, 내가 스스로를
이상한 곳으로 끌고 간 것인지, 혹은 나는 완전히 결백한 것인지. 답
을 찾고 싶지 않았다. 찾는다고 해서 찾아질 것 같지도 않았다.

몇해 전, 막 초고를 끝낸 장편소설이 썩 마음에 들지 않았다. 그다
음 해 봄, 오랫동안 계획했던 글을 포기했다. 이후에도 나는 이런저
런 글을 쓰고 책을 펴냈지만 그럴수록 나 자신이 싫어졌다. 글을 쓰
는 것이 무의미하게 느껴졌다. 급기야 책을 쓰는 법을 모른다는 결
론에 도달했다. 그동안 나는 존재하지 않는 환상의 목표와 존재하지
않는 환상의 독자들을 향해 책 비슷해 보이는 뭔가를 꾸며낸 것에
불과한 게 아닐까? 문학, 인간, 세계 따위 추상적 구호들로 이루어진

도식적인 세계를 머리에 띄워놓고는 명문대 진학을 노리는 모범생처럼 나 자신만의 고3 시기를 보낸 게 아닐까?

확실한 것은 지금까지와 같은 방식으로는 더이상 아무것도 하고 싶지 않다는 것이었다. 자연스럽게 모든 종류의 지적활동을 멀리하게 되었다. 생각하고 싶지도 읽고 싶지도 쓰고 싶지도 않았다. 무작정 거리를 쏘다녔다. 아침에 일어나 지하철을 타고 시내에 나가 커피를 마시고, 카페인 기운에 의지해 걸었다. 사람이 많았다. 점점 더 많아지는 것 같았다. 나와 아무 상관 없는 사람들이다. 말을 걸어볼 수 있을지도 모르겠다. 그러나 무슨 소용인가. 커피 기운이 떨어지면 비참한 기분이 들었다. 그러면 단것을 사 먹었다. 해가 지기 전 집으로 돌아와 일찍 잠들었다.

나는 나를 개처럼 사육했다. 10대 후반에 일기에 썼고, 한동안 자주 중얼거린 말이다. 소설 같은 데 썼는지도 모르겠다. 목표를 향해 경주마처럼 달려가는 것. 그게 한국에서 태어나 자란 내가 배운 인생이다. 몰아붙이기만 하는 삶을 사는 것에 대해서 미친 짓이라는 얘기를 들어본 적이 없다. 오히려 부러움과 격려를 받을 뿐이다. 소설가가 되고 나서 몇번인가 문학에 삶을 바치라는 말을 들었다. 솔직히 좋은 대학에 가기 위해 네 청춘을 희생하라는 담임선생님의 충고처럼 들렸다.

논리적으로 설명하기 힘든 적의가 있다. 더 나은 글을 쓰기 위해,

더 나은 사람이 되기 위해, 더 똑똑한 말을 늘어놓기 위해 벼랑 끝에 설 것을 강요하는 사람들을 향한. 대체 뭘 위해서 그런 식으로 거듭 나아져야 하는 걸까? 나는 삶을 살아가는 법을 알고 싶은데, 이런저런 것들을 위해 삶을 제물로 바치라는 이야기만 들려온다.

책으로 묶기 위해서 여기 실린 글들을 차근차근 다시 읽어보았다. 나의 20대가 오롯이 담긴 글들이다. 지금까지 적어내려간 나의 곤경 주위를 빙글빙글 도는, 뭐라도 해보겠다고 허우적거리다가 결국 0 이하로 주저앉고 만, 그 궤적이 적나라하게 담긴 기록이다. 한껏 높이 떠올랐던 어떤 열광이 동력장치를 잃고 자유낙하 하여 바닥에 처박히는 그 궤적을 들여다보는 일은, 민망하지만 나름 교훈적인 듯도 하다.

물론 나는 여전히 단순하고 극적인 이야기에 매료된다. 어느날 또 나는 사소한 이유로 붕붕 날아올랐다가 그대로 수직낙하, 바다 한가운데에 처박히게 될지도 모른다. 삶은 극이 아니지만 여전히 나는 그 단순한 사실을 이해하지 못한다. 말하자면, 나는 추락에서 아무런 교훈도 얻지 못한 듯하다. 어쩌면 나는 평생 이 무모함과 무기력의 악순환에서 벗어나지 못할지도 모르겠다. 구원은 있을까?

2016년 1월
김사과

$$\frac{0}{1}$$

읽다

공허감을 잊기 위해 여행을 떠났는데 결국
비탄 속에서 온몸이 마비되고 마는 것은 당연한 일이다.
지금 우리가 사는 세계는 우울하고 섬세한 여행자에게
작은 기쁨을 안겨줄 정도로 괜찮은 곳이 아니기 때문이다.
하지만 그렇다고 마비된 채 앉아 있기에는
너무 많은, 더 나쁜 날들이 우리 앞에 펼쳐져 있다.
우리의 문명을 부서져나간 달의 잔해로 보기에는 너무 이르다.
달은 아직도 부서지는 중이니까.

힙스터는 어디에 있는가

n+1 『힙스터에 주의하라』(마티 2011)

몇년 전 뉴욕에서 경험한 것이 전형적인 힙스터 문화임을 깨달은 것은 최근의 일이다. 물론 뉴욕에 도착한 직후부터 뭔가 이상하다는 느낌을 받았다. 그 느낌은 뉴욕을 떠난 뒤에도 계속되었고, 견딜 수 없을 정도로 심해진 것이 2010년 베를린에서였다. 베를린에서 내가 지낸 곳은 동베를린의 끝자락, 원래는 가난한 이민자들의 터전이었지만 몇년 전부터 예술가 지망생과 학생들이 모여들기 시작한 작은 거리였다. 그곳은 확실히 매력적이었다. 맥주병을 던지며 축구경기를 보는 노동계급 남자들의 술집과 유기농 초콜릿을 얹은 채식주의자용 와플을 파는 까페가 나란히 들어선. 늦은 밤 그 거리에는 모여 앉아 술을 마시는 가난한 터키인들과 새로 문을 연 멋진 바를 찾아 헤매는 중산층 백인 젊은이들이 뒤섞였다. 아직 상업화되지 않은 그 동네의 거친 풍경은 유행에 민감한 젊은이들의 '진짜'에 대한 욕구를 충족시켜주었다.

사실 동베를린에는 그런 것들이 널려 있었다. 풀밭에 숨어 있는 무허가 클럽, 강가를 따라 들어선 히피스러운 공동체 마을, 낙서로 가득한 무단 점거된 건물들, 공터에 늘어선 캐러밴들……

어느날 룸메이트가 집에서 파티를 열었다. 몰려든 아이들이 한 손에 맥주병을 든 채 테라스에 늘어섰을 때, 룸메이트가 말했다. 몇년 뒤 여기도 완전히 달라질 거야. 완전히 여피동네가 되어 있겠지. 그때가 되면 야 그때 우리가 여기 있었다니까, 하고 말하게 될 테니까. 그 말을 들은 순간 나를 줄곧 따라다니던 그 이상한 느낌의 정체를 깨달을 수 있었다. 지금 우리가 도시를 불태우고 있다. 어, 그런 생각이 들었다. 언젠가 무라까미 하루끼가 유행에 민감한 일본인들을 비꼬아 '문화적 화전민'이라 부른 적이 있다. 나란히 테라스에 선 우리가 바로 그들이라는 생각이 들었다. 그것은 비유가 아니라 실제로 베를린에서 벌어지는 일이었다. 전유럽에서 몰려든 젊은이들이 도시의 동쪽을 불태우고 있었다. 처음은 미테^{Mitte}였고 그다음은 프리드리히스-하인^{Friedrichs-hain}, 그다음은 크로이츠베르크^{Kreuzberg}, 그리고 이제 노이쾰른^{Neukölln}이다. 나는 오년 뒤 이 동네가 어떻게 변해 있을지 짐작할 수 있었다. 여행객들이 밀려들어오고, 집값이 오르고, 이국적인 바와 레스또랑들이, 유기농 마켓이, 아메리칸 어패럴이, 자라와 H&M이 들어올 것이다. 가난한 사람들은 집값을 감당하지 못해 외곽으로 밀려나게 될 것이다. 그 자본의 움직임 맨 앞에

이 젊은이들이 있는 것이다. 사실 그것은 서울의 홍대 앞에서, 뉴욕의 로어이스트사이드에서, 쌘프란시스코의 미션에서, 똑같이 벌어졌고, 지금도 벌어지는 일이었다. 나는 이 상황을 설명할 수 있는 뭔가를 찾아 구글을 뒤졌고, 곧 젠트리피케이션gentrification이라는 단어를 발견했다. 관련 항목에 한 세트라는 듯 '힙스터'라는 단어가 딸려왔다.

하지만 나는 그때까지도 여전히 힙스터에 대해서 잘 알지 못했다. 그것을 제대로 이해하게 된 것은, 그 단어가 몇년간 내가 겪은 일을 설명할 수 있는 무언가라는 것을 깨달은 것은 앞에 적은 것처럼 최근의 일이다. 힙스터라는 단어를 알고 있기는 했다. 비트세대에 관심이 있었기 때문이다. 그러니까 힙스터 하면 나는 팹스트 블루리본 맥주와 아메리칸 어패럴의 브이넥 티셔츠 대신에 노먼 메일러와 잭 케루악, 전후 쌘프란시스코의 보헤미안들을 떠올렸던 것이다. 하지만 21세기에 힙스터라는 말은 그런 멋진 사람들을 지칭하는 멋진 용어가 아니었다. 그건 멀끔하게 차려입고는 좀더 근사한 것을 찾아 뉴욕의 다운타운을 헤매다니는 젊은 애들을 비꼬는 의미로 사용되고 있었다. 하지만 놀라운 것은 힙스터에 대해 알게 될수록 그것이 내가 잘 알고 익숙한 것들로 밝혀졌다는 사실이다. 나는 나를 괴롭히던 모호한 느낌의 정체를 알아낸 것이 기쁘면서도 한편으로는 내가 모두에게 놀림을 당하는 시시한 것들에 많은 시간을 소비했다는 사실에, 내가 경험한 것이 전형적인 힙스터 경험 이상도 이하도 아니라는 사실에 당황스러웠다.

그러니까 힙스터란 무엇인가. 그들은 어떻게 탄생했고 어떤 족속들이며 무슨 짓들을 하는가. 뉴욕의 n+1에서 펴낸 『힙스터에 주의하라』에 따르면 힙스터 문화는 1999년에서 2003년까지 (특히 북미-뉴욕을 중심으로) 왕성하게 태동한 하위문화를 뜻하며 2003년 이후 대중화되어 지금에 이르렀다. 복고풍의 커다란 뿔테안경, 아메리칸 어패럴의 브이넥 티셔츠, 스키니진으로 대표되는 스타일은 이제는 서울에서도 흔히 볼 수 있는 전형적인 힙스터 패션이다. 힙스터 문화의 기원은 인디, 보헤미아, 펑크 등으로 요약할 수 있는 80, 90년대의 반문화counterculture로 거슬러올라간다. 반문화는 처음에는 급진적이며 반자본주의적인 성격을 띠지만 종국에는 상업화되어 '패션'이라는 종착역에 닿게 되었다. 같은 일이 힙스터 문화에서는 더욱 빠르게, 더욱 근본적으로 일어났다. 한마디로 힙스터들은 더이상 창조적이고 급진적인 반문화가 태동하지 않는 상태에서 기존의 반문화를 패션이자 라이프스타일로 소비하는 최첨단 소비집단이다. 누구보다 까다롭고 앞서 있는 소비집단으로서 이들은 모든 것에 대한 판단을 취향 판단으로 환원시킨다. 즉, '오바마는 힙하고, 부시는 구리다'. 그들은 자신을 표현해줄 '힙'한 품목을 모으는 데 삶을 소비한다. 그리고 그 품목이 다른 사람들에게 알려지는 순간 깜짝 놀라 도망치듯 다음 품목으로 옮겨간다. 윌리엄스버그는 더이상 힙하지 않아, 부시윅으로 가야지…… 부시윅은 더이상 힙하지 않아, 베를린으로 가야 돼…… 애니멀 컬렉티브는 더이상 힙하지 않아, 제임스 블레이크를 들어야 해…… 80년대는 더이상 힙하지 않아, 이제는 90년대라구……

힙스터 세계에서 삶의 모든 영역은 패션이 되어버린다. 아니 새로운 패션을 위해서 현실을 액세서리화한다. 이것은 그들이 누구보다 하층계급의 스타일을 열심히 수집해온 것에서 잘 드러난다. 노동계급들이 마시는 맥주, 그들이 입는 옷, 그들이 사는 지역의 거친 풍경, 빈티지에 대한 애호, 언뜻 이 모든 것은 타자에 대한 열린 태도로 느껴지지만 힙스터들은 오직 멋져 보이기 때문에 그들에게 관심을 갖는 것이다. 그러니 그들이 가난한 자들이 가진 생생한 아름다움에 깊이 매료되어 있는 것과 상관없이 그들이 슬럼가에서 내쫓기는 것을 막지는 못할 것이다. 왜냐하면 그 내쫓는 움직임의 최전선에 그들이 있기 때문이다.

당연히 사람들은 힙스터를 미워하기 시작했다. 미국의 주요 매체들도 하나둘 힙스터에 대한 비난조의 논평을 싣기 시작했다. 그중 몇몇을 찾아 읽어보기도 했는데 힙스터 현상에 대한 분노와 절망이 너무 커서, 아니 그 분노와 절망을 전혀 정제할 생각이 없는 것처럼 보였기 때문에 오히려 의아했다. 뭐랄까, 힙스터가 너무나도 손쉬운 먹잇감처럼 보였던 것이다. 한때 한국사회에서 유행한 '20대 개새끼론'의 미국판을 보는 것도 같았다. 사실 힙스터를 비난하는 것은 너무 쉽다. 그들만큼 만만한 존재도 없기 때문이다. 아무 때나 잭 케루악의 인용구를 줄줄 늘어놓는 허세스러운, 잠깐 놀다가 곧 여피가 되어버릴 그런 재수 없는, 유행이나 쫓아다니는 개념 없는, 부동산업자와 광고업자의 앞잡이에 불과한, 곱게 자라 현실감각 없는 애새끼들. 실제로 사람들에게 힙스터에 대해서 물어보면 다들 마치 짠 듯이 힙스터가 얼마나 얼간이 같은 놈들인가 끝도 없이 욕을 늘어놓았다. 그런데 재밌는 것은 힙스터에 대해서 화를 내는 사람들일수록 누구보다 힙스터 문화에 익숙한, 진정한 힙스터로 간주된다는 것이다.

힙스터 현상을 비판적으로 논의하려고 시도할 때의 문제가 바로 이것이다. 힙스터에 대해서 말하는 것 자체가 힙스터적인 것이 되어버리는 것이다. 즉 힙스터에 대한 논의 자체가 힙스터 문화에 포섭되어 힙스터 문화를 소비하는 최신 유행의 일부가 되어버리고 마는 것이다. 또하나의 문제는 힙스터라는 존재가 인간이라기보다는 여러가지 쿨한 상품들을 늘어놓은 카탈로그에 가깝기 때문에 그들에 대한 제대로 된 묘사를 시도하다보면 그 잡다한 상품들을 죄다 묘사해야 한다는 강박에 사로잡혀서 결국 묘사 자체가 최신의 힙스터 카탈로그가 되어버리고 만다는 점이다. 『힙스터에 주의하라』는 안타깝게도 이 문제를 피해 가는 데 실패했다. 아마도 책 자체가 힙스터 문화를 본격적으로 연구한 완성된 결과물이라기보다는, 자 이제 우리도 한번 힙스터를 다뤄봐야 하지 않을까요,라는 식의 준비운동에 가까웠기 때문인 것 같다. 그래서 이 책에는 빽빽하게 늘어선 낯선 힙스터 품목들을 하나로 엮어줄 지도가 존재하지 않는다. 힙스터 문화에 생소한 독자들은 끝없이 펼쳐진 힙스터 상품들 사이에서 말 그대로 길을 잃게 된다. 사실 나 또한 지금 이 글이 내가 지적한 함정을 피해 가는 데 성공했다는 확신이 들지 않는다. 이미 나는 너무 많은 힙스터 품목을 나열했다. 하지만 아직 절반도 나열하지 못했다는 조급함 속에서 조금이라도 더 긴 리스트를 완성하는 것으로 독자들을 힙스터라는 존재의 핵심에 다가서게 할 수 있지 않을까 하는 멍청한 희망을 놓지 못하고 있다. 하지만 이쯤에서 그 희망을 포기하고 마무리를 지어야겠다.

힙스터 현상은, 그것이 만약 책 한권 분량으로 논의해야 할 만큼 중요한 뭔가라면, 뉴욕의 특정 지역에 모여 앉아 특정 음악을 듣고 특정 옷을 걸친 중산층 백인 젊은이들에 한정되는 국지적 현상이 아니다. 힙스터는 최신의 소비자본주의 사회가 잉태해낸, 최신 유행 목록으로 우회해서밖에 '나'라는 존재를 표현할 줄 모르는 이 시대 젊은이들의 극단적인 초상이다. 끊임없는 소비를 이끌어내지 못한다면 파산해버리고 말 자본주의 씨스템의 근본문제를 온몸으로 표현해내는 순진한 어린애들이다. 그런 젊은이들은 비단 뉴욕뿐 아니라 도처에 널려 있다. 그들이 아메리칸 어패럴의 브이넥 티셔츠를 입지 않고 아이폰을 쓰지 않는다고 해서 힙스터가 아닌 것이 아니다. 초국적 자본주의가 빚어낸 단일한 세계 속에 살고 있는 우리들은 모두 얼마간 그들과 비슷한 머저리짓을 하고 있다. 물론 그것은 동베를린이나 브루클린에 좀더 순도 높은 형태로 존재하겠지만, 그것은 다른 무엇이 아닌 지금 우리들의 현실을 응축시켜놓은 것이다. 그러니 골치가 아프다고 해서 이 한심한 멍청이들을 무시해버리는 것은 좋은 선택이 아니다. 사려깊은 독자라면 이 책의 산만한 논의 속에서, 힙스터들의 그 세련된 겉모습에서, '힙'한 문화상품의 범람과 그것의 끊임없는 갱신을 통해 유지되고 있는 이 포스트모던한 자본주의의 실체를 발견할 수 있을 것이다.

지쳐버린 남자

미셸 우엘벡 『지도와 영토』(문학동네 2011)

세상이 나를 지겨워한다.

나 역시 세상이 지겹노라. **샤를 도를레앙**

마침내 공꾸르상 수상에 성공한 프랑스의 자타공인 '공공의 적', 소설가 미셸 우엘벡의 『지도와 영토』를 펼치면 곧바로 앞의 인용구를 마주하게 된다. 순탄치 않은 그의 삶과 작품세계가 떠올라 살짝 안쓰러운 마음이 들기도 한다. 하지만 좀더 생각해보면 저게 과연 자신의 삶에 대한 우회적인 절망의 표현인지, 독자들에게 보내는 또 하나의 삐딱한 우엘벡식 유혹의 손길인지 헷갈리기 시작한다. 아마 둘 다일 것이다. 베르나르 앙리-레비와 함께한 책인 『공공의 적들』에서 엿본 인간 우엘벡은 공공의 적이라는 딱지가 어울리는 막돼먹은 망나니라기보다는 제대로 된 방식으로 사랑을 갈구하는 방법을 몰라서 번번이 망하고 마는 괴팍하고 예민한 남자에 가까웠다. 그의 소설은 언제나 그런 그 자신과 약간씩 닮아 있다. 직장생활을 하던 이력이 반영된 『투쟁 영역의 확장』, 히피인 어머니에게 버림받아 외조모와 살던 어린 시절이 반영된 『소립자』, 전유럽적 유명인사가 된 자신의 처지를 주인공에게 투영한 『어느 섬의 가능성』이 그렇다. 그리고 드디어 소설 『지도와 영토』에는 미셸 우엘벡 본인이 직접 등장한다.

실제로 그의 소설은 그의 삶의 궤적을 따라 조금씩 변화해왔다. 아니 그의 소설이 그의 삶을 추격하고 있다는 표현이 더 정확할 것이다. 처음에는 우울증에 시달리는 회사원이었고, 이어 우울증에 시달리는 유명인사가 등장하더니, 그다음에는 미셸 우엘벡, 본인이다. 이런 변화는 『어느 섬의 가능성』에서부터 심화되었는데, 1인칭 시점에서 서술되고 있기 때문에 소설의 화자가 늘어놓는 노골적인 자기고백은 우엘벡 본인의 이야기와 쉽게 겹쳐진다. 그런 적나라한 태도 덕에 도대체 그의 다음 소설은 어떻게 될까, 아니 그가 다음 소설을 쓸 수나 있을까 하는 의문이 들기도 했다. 그래서 이번에는 우엘벡 본인이 등장하여 심지어 살해당하기까지 한다는 이야기를 듣고 솔직히 올 것이 왔다는 생각이 들었다.

하지만 막상 읽어보니 우엘벡 본인과 그가 쓴 소설 사이의 거리가 0이 되었다고 보기에는 걸리는 부분이 많았다. 일단 우엘벡은 소설의 주인공이 아니다. 소설은 3인칭 시점으로 제드 마르탱이라는 한 예술가의 일생을 다룬다. 우엘벡은 중반부에야 등장하며 주인공과 친구가 될 뻔하다가 후반부가 시작하자마자 살해당한다. 아니 그때는 이미 살해당한 뒤로, 우엘벡은 난자당한 시체 역으로 잠깐 등장한다. 이게 대체 무엇인가? 언제나 프랑스 언론에 의해 난자당하는 자신의 처지를 소설로써 형상화한 것인가? 자신이 당대의 아이콘이라는 것에 몹시 신경을 쓰는 것과, 스스로를 직접 소설에 등장시키는 것은 어떤 관계가 있을까? 사실 내가 진짜 궁금한 것은 이런 것들이다. 자학과 나르시시즘, 야유와 자조가 뒤섞인 우엘벡의 우엘벡에 대한 묘사를 읽는 것은 아슬아슬하게 줄을 타고 있는 곡예사를 바라보는 것 같다. 떨어지지 말아야 할 텐데, 나는 우엘벡 애호가로서 매쪽마다 기도했다. 그래서, 그의 줄타기는 성공했는가?

—

20만분의 1 지도, 특히 미슐랭 지도에서는 온 세상이 행복해 보인다. 하지만 내가 가지고 있던 란자로테 섬 지도처럼 더 상세한 지도에서는 모든 것이 망가져버린다. 다시 말해 우리는 지도에서 숙박 시설과 레저 인프라들을 구별하기 시작한다. 1:1 축척에서는 딱히 즐거울 게 없는 정상적인 세상이다. 그런데 거기서 더 확대하면 우리는 악몽 속으로 뛰어들게 된다. 다시 말해, 살을 파먹는 진드기류, 사상균류, 기생충들을 구별하기 시작하는 것이다. 「어느 섬의 가능성」, 열린책들 2007.

줄타기의 성공 여부에 앞서 지도 이야기를 하겠다. 미슐랭 지도 작업을 통해 성공적으로 데뷔하게 되는 주인공 제드 마르탱에게서 나는 자연스럽게 『어느 섬의 가능성』에 등장하는 앞의 구절을 떠올렸다. 우엘벡식 염세주의가 멋지게 응축된 구절이다. 이 구절은 『지도와 영토』에서 다시 한 문장으로 압축된다. "지도가 영토보다 흥미롭다."

반가운 것은 그뿐이 아니었다. 현대미술의 양대 산맥인 데이미언 허스트와 제프 쿤스가 등장하는 도입부, 소설로 쓰인 예술론이라는 느낌이 들 정도로 종종 등장하는 예술에 대한 길고 긴 대화들……아티스트보다는 셀러브리티라는 말이 잘 어울리는 당대 미술가들의 모습과 또 그런 그들을 존재할 수 있게 하는 돈과 허영심으로 가득한 미술계의 풍경 또한 흥미롭고 교훈적이었다. 교훈이 무엇이었느냐 하면 그 화려한 미술계라는 것은 사실 예술과 별 상관이 없으며 그 안에 속한 예술가는 기껏해야 명성을 얻거나 부자가 될 뿐 마지막에는 쓸쓸하게 혼자 늙어 죽게 된다는 것이다. 과연 절망적이고 지겨운, 지극히 우엘벡스러운 결론이 아닐 수 없다.

우엘벡은 이런 식의 절망적이고 지겨운 결론들을 반복해서, 밀도 높은 문장과 멜로드라마틱한 설정과 엮어서 자신만의 독특한 방식으로 표현해왔다. (서구)문명의 종말, 동네 마트의 소비자 이상도 이하도 아니게 된 고독한 도시 사람들, 사랑의 불가능함, 늙는다는 것의 비참함…… 하여 그의 소설을 읽는 것은 꽤 피곤한, 종종 역겨운 일이다. 그래서 그가 쓴 책들을 반복해서 읽는 나 스스로에 대해 마조히스트가 아닌가 의혹에 빠질 때도 있다. 하지만 내가 역겨움을 참아내며 그의 책을 읽는 이유는 그가 당대의 퇴폐와 쇠멸의 리얼리티를 제대로 담아내는 흔치 않은 작가이기 때문이다. 물론 그것은 지독하게도 서양의, 유럽적인, 프랑스적인 풍경이다. 하지만 분명 보편성이 있다. 플라톤이 그리스인들만의 유산이 아니듯이, 우엘벡 또한 프랑스에서만 생산-소비되어야 하는 지역 특산품이 아니다. 현대 프랑스의 소설가들 가운데 이만큼 이 시대 대중의 유행과 변화를 예민하게 포착해내는 작가는 없다. 번쩍이는 마트 가판대에서 삼성의 디지털카메라, 2000년대 여행의 방식을 바꿔버린 저가항공사까지, 거기엔 우리가 아주 잘 아는 세계가 있다. 그는 사소하지만 중요한 삶의 변화와 그 변화로 인해 달라진 세계의 풍경을 날카롭게 포착한다.

그런데 묘사의 집요함과 열정에 대해 생각할 때, 그는 천성적으로 라이언에어나 삼성 디지털카메라 같은 것들에 매혹되는 것처럼 보이기도 한다. 아니 자신의 시야에 들어오는 모든 것에 매혹되는 것 같다. 그는 유명인사들로 떠들썩한 파티와 오래된 난방기를 똑같이 호기심 가득한 시선으로, 섬세하고 열정적으로 묘사한다. 한데 그것은 제드 마르탱을 전율하게 한 지도의 시선과 동일한 것이다.

지도 속에는 세계에 대한 과학적 기술적 이해와 모더니티의 본질이 동물적 삶의 본질과 한데 섞여 있다. 색깔과 구분되는 약호만 사용한 그림은 복잡하고 아름다웠으며, 완전무결한 명료함을 지니고 있었다. 「지도와 영토」

어쩌면 우엘벡은 반복해서 소설 쓰기라는 이름의 지도 그리기를 하고 있는지도 모르겠다. 왜냐고? 소설 속 제드 마르탱의 마지막 인터뷰를 통해 추측해볼 수 있다. "난 세상을 이해하고 싶었소…… 단지 세상을 이해하고 싶었을 뿐이란 말이오."

—

그렇다면 선생이 잘 본 거요. 내 인생은 내리막을 걷고 있고, 나는 실망했으니까. 젊었을 때 바랐던 것들 중 이루어진 게 하나도 없소. 살면서 재미있었던 순간들도 있었지만, 늘 힘에 부쳤고 안간힘을 써야 했지. 선물처럼 거저 얻은 게 아무것도 없으니까. 이제는 다 지긋지긋해. 지금 내가 바라는 건 그저 너무 큰 고통 없이, 중병에 걸리는 일도 거동이 불편해지는 일도 없이 끝나는 것뿐이오. 『지도와 영토』

소설 속 등장인물 우엘벡의 고백이다. 앞에서도 말했지만 우엘벡의 소설 속에서 이런 식의 고백은 새롭지 않다. 다만 전과 다른 게 있다면 그것은 긴장감의 상실이다. 여러 면에서 『지도와 영토』는 전작에서 했던 이야기를 어떤 식으로든 갱신하지 못하고 그저 반복하는 데 그치고 있다. 그래서인가 자전적 묘사에서도 나르시시즘이 더 크게 느껴진다. 그의 또하나의 장기인 멜로드라마적인 관계들의 묘사는 『소립자』에서의 미셸과 아나벨, 혹은 브뤼노와 크리스띠안의 관계가 보여준 깊은 애절함의 영역에 도달하지 못하고 오히려 소설 자체를 통속극의 세계로 빠뜨리고 만다. 물론 이런 면에 단지 단점만 존재하는 것은 아니다. 이 소설은 지금까지 쓰인 우엘벡의 소설 중 가장 접근성이 높다. 노골적인 섹스 장면도 없고, 신경을 거스르는 비난과 야유도 자취를 감췄다. 거슬리는 것이 없으니 술술 읽히고, 예술에 대한 느슨한 논의들은 야심 없는 대중적 에세이를 읽을 때 느낄 수 있는 안락한 즐거움을 준다. 어쩌면 그래서 이 소설이 공꾸르상을 탔는지도 모르겠다. 상이란 대개 멍청이가 만든 유행 타는 공산품이나 대가의 변변찮은 범작에 주어지는 법이니까.

그런데 이 소설이 이렇게까지 미지근해진 가장 큰 이유는 욕망의 부재에 있는 듯하다. 즉 이 소설에는 지금까지 우엘벡의 소설의 단

골손님이자 문제적 요소였던, 핫한 여자들을 졸졸 쫓아다니며 한번 만 자달라고 애걸하는 찌질한 남자가 빠져 있다. 그들은 여자들의 엉덩이를 졸졸 따라다니며 소란을 피우고, 술주정하고, 울음을 터뜨리며 모두가 외면하고 싶어하는 인간의 가장 유치한 면을 보여준다. 그것은 독자들의 가슴을 울리는데 왜냐하면 그 유치한 짓들의 밑바닥에는 삶에 대한 강한 애착이 있기 때문이다.(그게 오직 섹스에 대한 애착 같다는 게 문제지만.) 물론 우엘벡의 소설에 이런 인물만 나오는 것은 아니다. 이 유치한 남자들의 반대편에는 애착이라고는 찾아보기 힘든, 무감하지만 매력적인, 절망했지만 통찰력 있는, 그래서 언제나 예쁘고 똑똑한 여자들이 주위를 서성거리는, 달관한 남자들이 있다. 『소립자』와 같은 성공작에서 우엘벡은 이 두종류의 남자들을 포개놓고 또 충돌시키면서 풍요로운 의미망을 만들어내었다. 그런데 『지도와 영토』에는 후자의 남자들만 남아 있다. 그래서인지 매끈하며, 멀끔하고, 지루하다. 호텔 라운지 커피숍에서 흘러나오는 맥 빠진 음악들처럼 말이다. 하긴, 전자의 남자를 놓아야 할 자리라면 그것은 분명 우엘벡의 자리였을 텐데, 아무리 우엘벡이라도 자기 자신을 그런 처절한 인물로 그리는 것은 어려운 일이었을 것이다.

하여 이 책에 대한 나의 결론을 말하자면, 이번 소설에서 우엘벡이 줄에서 떨어졌다고 생각한다. 하지만 크게 실망하지는 않았는데 우엘벡은 이미 『소립자』와 『어느 섬의 가능성』이 두 놀라운 소설 사이에 변변찮은 범작인『플랫폼』을 쓴 전력이 있기 때문이다. 아무리 재능이 있다 해도 매번 명작을 쓰는 것은 불가능하다. 그러니까 나는 이 소설을『어느 섬의 가능성』과 그다음 명작으로 이어지는 징검다리라고 생각하고 차분한 마음으로 우엘벡의 다음 작품을 기다리겠다.

아무 데도 가지 않는다

W. G. 제발트 『토성의 고리』(창비 2011)

미셸 우엘벡의 『지도와 영토』를 읽은 지 얼마 되지 않아 우연히 제발트의 『토성의 고리』에 대한 기사를 보았다. 폐허, 문명, 종말 따위의 단어들이 늘어서 있었는데 그것은 『지도와 영토』의 마지막 장면, 문명의 흔적들이 잡초에 덮여 사라져가는 풍경을 떠오르게 했다. 구체적으로 말해 『지도와 영토』의 마지막 문장, "오직 바람에 풀들만이 하늘거릴 뿐. 식물의 압승이다."를 나는 떠올린 것이다. 생기라고는 찾아보기 힘든 이 식물성 세계의 정조는 "완벽하게 마감처리 된 아우디 A6 안과 같은, 고요하고 기쁨이 없는, 무감각한 중립 상태"이며 이것은 우엘벡이 우리에게 종종 보여준 근미래의 황량한 풍경이다. 이 풍경을 공유하는 비슷한 시기의 유럽 작가라는 점에서 제발트에게 관심이 갔고, 해서 그에 관해 이것저것 찾아보기 시작했다. 그러자 기대하지 않았던 흥미로운 점들이 발견되기 시작했다.

제발트는 작지만 단단한 팬 층을 갖고 있는 작가다. 꾸준히 한국어로 책이 번역되고 있는데, 소수의 독자들 사이에서 화려하지는 않지만 깊은 반향을 불러일으키고 있다. 한국에서만 벌어지고 있는 일은 아니다. 폴 오스터 같은 유명 작가가 그의 팬을 자처했고,『뉴욕 타임즈』와 수전 손택도 그의 편이었다. 누군가는 영감을 받아 영화를 만든다 했고 어디선가는 낭독회가 열리고 있었다. 흥미로웠다. 하나의 문화현상으로서 연구할 가치가 있어 보였다. 그러니까 나는 제발트라는 사람이 아니라 제발트에 끌리는 사람들이 궁금했다. 더 정확히 말해 특정 부류의 사람들이 왜 제발트에 열광하는지 알고 싶었다. 왜냐하면 제발트를 특별히 애호하는 사람들에게서 일종의 공통점을 느낄 수 있었기 때문이다. 그 공통점이란 거칠게 말해 '문학적'이라는 것이다. 물론 문학적이라는 것은 문학과 다르다. 그러니 문학적 인간들 또한 문학인과 다르며, 차라리 특정한 세계관을 공유하는 특정한 사람들이라고 할 수 있겠다. 문학 주위에 둘러앉아 문학적 아우라를 소비하며, 그 아우라에 의지해 세계를 해석하며, 그에 관한 담론을 만들어내는 사람들. 그들이 갖는 특정한 세계관은 뒤에서 다시 설명하겠지만 '종말 후의 세계를 살아가는 인간들이 갖는 최소한의 윤리'로 요약할 수 있다. 구체적으로 말해서 쇠락한 제국의 해안을 따라 이어지는 제발트의 사적인 여정이 우엘벡의 묵시록적 비전과 공통점이 있다면, 거기에서 당대 유럽의 보편 정서로서의 특정한 비관주의를 도출해낼 수 있지 않을까 하는 생각이 들었다. 우엘벡과 제발트는(물론 제발트는 죽었지만) 다른 유럽 작가들과 달리 비유럽권 독자들에게도 호소력을 갖는 흔치 않은 유럽의 현대 소설가들이다. 그렇다면 이들의 문학적 비관주의가 유럽을 넘어선 어떤 보편성을 확보했다고 볼 수 있지 않을까? 그리고 그게 제대로 된 관찰이라면, 이들의 소설을 진지하게 고찰해보는 것으로 지금 우리가 처한 교착 상태를 좀더 명확하게 파악할 수 있지 않을까? 미리 말하자면 나는 이 교착 상태의 핵심에 윤리를 문학적 제스처로 환원시키는 일종의 문학주의, 즉 '문학적인 것'의 과잉이 놓여 있다고 생각한다.

―

『토성의 고리』에 등장하는 써퍽 지방의 묵시록적 풍경은 과연 우엘벡의 소설에서 익숙한 것이다. 그런데 우엘벡이 그런 풍경을 통해 근미래에 대한 상상적 언급을 하는 데에 그쳤다면 이 책에서는 그 풍경 자체가 주제의 역할을 한다. 그 풍경의 내부를 들여다보면, 풀에 뒤덮인 과거 부르주아의 대저택, 영국 군대에 처참하게 파괴당한 베이징 근교의 정원, 병해와 폭풍우에 쓰러진 오래된 나무들의 경우와 같이 자연과 파괴가 하나의 짝을 이룬다. 아니, 먼저 하나의 파괴가 있다. 그것은 과거 인간들이 자연에 가한 것이다. 그러고 나서 그에 대한 응대로서의 자연의 파괴가 있다. 그것은 현재진행형이다.

과거와 현재 혹은 인간과 자연은 '파괴'라는 테마를 통해 하나로 겹쳐진다. 잡초에 뒤덮인 써픽 지방의 풍경 속에서 과거의 인간과 현재의 자연이 행하는 두번의 파괴가 만난다. 그리고 그 풍경들을 다시 한번 하나로 묶어내는 것은 제목인 『토성의 고리』다. 그런데 토성의 고리란 무엇인가? 그것은 자연이지만, 일상적인 범주를 넘어선 자연이다. 우리가 평소 상상하는 자연은 커봤자 아마존의 밀림이나 고비의 사막이지, 태양계의 단위로 나아가지 않는다. 물론 토성이라는 별 자체는 고대부터 점성술에 의지해온 인간에게 그리 낯선 존재는 아닐 것이다. 하지만 책에 등장하는 얼음 조각과 부서진 달의 파편으로 이루어진 토성의 고리라고 한다면 그것은 근대 이후의 발견이다. 평범한 사람들이라면 토성의 고리를 우주과학과 연결하지 자연과 연결하지는 않을 것이다. 우주과학은 인간이 개입할 여지가 없는 압도적인 규모의 자연에 대한 것이다. 깜깜한 우주공간 속에서 빠른 속도로 회전하는 얼음과 달의 파편의 이미지에는 인간적인 것이 없다. 이런 탈인간적인 면모는 아주 쉽게 탈역사적인 아우라와 연결될 수 있다. 즉 제발트의 글은 종종 영원히 하늘에서 빛나는 별과 같은 비인간적인 면모를 보인다. 이 느낌은 제발트 특유의 억제된, 금욕주의적 서술 태도와 맞물려 독특한 아우라를 발생시킨다. 문제는 이런 측면 때문에 애초 제발트가 의도했던 성찰과 애도의 글쓰기가 정반대로 세련된 스타일리스트의 글쓰기, 즉 극도의 회의주의를 스타일로서 취하는 탁월하게 심미적인 에세이로 귀결되고 만다는 것이다.

책의 줄거리는 간단하다. 주인공 '나'는 영국의 써퍽 지방으로 여행을 떠난다. 그리고 여행을 떠난 지 일년 뒤 거의 온몸이 마비된 채로 병원에 입원하게 된다. 그사이 주인공이 여행하며 본 것들, 그 시각적 경험을 통해 떠오른 사실과 허구가 뒤섞인 과거의 이야기들이 내용을 채우고 있다. 유려한 문장들이 이어지며, 그 문장이 호명하는 대상들은 작가의 높은 교양 수준을 증거한다. 대상을 다루는 손길은 섬세하고, 고유의 스타일을 잃지 않는다. 한마디로 흠잡을 데가 없다. 그렇다면 이것은 수전 손택이 「비탄에 빠진 정신」(『강조해야할 것』에 수록된 에세이)에서 말하듯이 이 시대의 위대한 문학인가? 그런데 여기서, 대체 문학이란 뭔가?

흔히 생각하는 문학, 즉 소설이라기에는 부족해 보이는 이 책을 문학이라 칭할 수 있는 이유의 중심에는 화자가 있다. 구체적으로 화자와 연관된 두가지 소재, 여행과 윤리다. 수전 손택은 같은 에세이에서 제발트 문학의 테마 가운데 하나로 여행, 그리고 여행자이자 작가로서의 삶을 꼽는다. 여행자인 작가, 혹은 작가인 여행자라는 존재는 근대문학에서 낯설지 않다. 유명한 예로 조국을 떠나 객사한 랭보가 있고, 『암흑의 핵심』의 조지프 콘래드 또한 떠돌이였다. 거슬러올라가면 독특한 방랑자 돈끼호떼의 작가 세르반떼스 또한 로마와 알제리를 떠돌며 젊은 시절을 보냈다. 근대문학은 여행들 속에서 탄생했다고 해도 과장된 말은 아니다. 작가들은 여행에 매혹되고, 독자들은 그들의 여행에 동참하기를 원한다. 제발트와 그의 독자들도 예외는 아니다. 제발트는 써퍽 지방을 여행하는 화자를 통해 독자들에게 잊을 수 없이 아름다운 묵시록의 풍경들을 전해준다. 그 풍경들을 통해 그는 과거를 기억의 형태로 불러들인다. 기억을 통해 재대면하게 되는 폐허에는 번영했던 제국의 옛 시절 영광이 풀리지 않은 마법처럼 서려 있다. 그런데 그 마법의 시기는 근대 자본주의의 호시절과 겹친다. 그리고 그것은 다시 제국주의의 호시절과 겹친다. 그러니 좋았던 지난날들의 기억은 그 좋은 날을 이루기 위해 필요했던 어마어마한 폭력에 대한 기억으로 이어진다. 이 슬픈 아이러니에 제발트의 글이 지녔다고 짐작되는 윤리가 놓여 있다.

실제로 제발트는 죽기 얼마 전 『가디언』지와 가진 인터뷰에서 문학이 갖는 윤리를 기억과 연관시킨다. 그것은 독일인으로서 제발트가 홀로코스트에 대해 갖는 태도와 연관되어 있다. 1944년 독일의 소도시에서 태어난 그는 홀로코스트를 경험하지 못했다. 자라는 동안에도 홀로코스트에 대해서 제대로 듣지 못했다. 열일곱살이 되어서야 다큐멘터리 영화를 통해 그 사건을 대면하게 된다. 이 경험은 그의 문학에 큰 영향을 미쳤다. 그렇게 처참한 사건이 그렇게 오랫동안 수상한 침묵 속에서 공백으로 남을 수 있었다는 사실이 무서운

경고로 느껴졌을지도 모른다. 그래서인지 그의 섬세한 문장은 사소한 것도 쉽게 지나치지 않는다. 그것이 물고기든, 나무든, 아니면 몰락한 부르주아의 자식이든 말이다. 극도의 섬세함을 가지고 그는 눈앞에 펼쳐진, 풍경과 그것을 통해 환기된 기억들을 강박적으로 묘사한다. 끝없이 가지를 뻗어가는 생각들의 풍경은 보르헤스를 연상시키기도 한다. 실제로 제발트는 책 속에서 보르헤스의 「뜰뢴, 우끄바르, 오르비스 떼르띠우스」를 언급하기도 하는데, 보르헤스의 그 단편 속에서 화자는 존재 여부를 모르는 책을 희미한 단서에 의지하여 끈질기게 찾아다닌다. 하지만 탐구는 길을 잃고, 결국 이야기는 중단된 채 끝을 맺는다. 결말에 닿은 독자는 생경한 거리 한복판에 버려진 듯한 느낌을 받는다. 제발트의 글 또한 마찬가지다. 그것은 어쩌면 기억의 특성 때문이다. 기억은 사실과 다르다. 그것은 왜곡되기 일쑤며, 하지만 기억의 주인공조차 어디까지가 사실이고 어디까지가 자신이 꾸며낸 것인지 알지 못한다. 그러나 과거를 돌아보는 것은 기억에 의지하지 않고는 불가능하며, 하지만 한편 마구잡이로 기억을 파헤치는 행위는 진실보다는 혼란으로 귀결되기 쉽다. 제발트는 그러나 위험을 무릅쓰고 용감하게 풍경에서 과거의 기록으로, 사람들의 증언에서 허구의 이야기로, 다시 본인의 기억으로 자유롭게 넘나든다. 그 결과 제발트의 글이 전해주는 과거는 현실과 꿈 사이 어딘가에 위치하게 되고 그것이 제발트의 글에 특유의 환각적인 분위기를 부여한다. 이따금 예기치 않게 결정적 파국의 장면 앞에서 여행이 중단될 때마다 그 환각적인 분위기는 절제된 슬픔과 합쳐져 일종의 명상에 가까운 치유적인 효과를 발생시킨다. 바로 이 지점에서 나는 제발트의 글이 갖는 윤리에 의혹을 갖게 되었다. 그의 글은 윤리적이기에는 지나치게 아름답고, 치유적이다.

—

그런데 왜 하필 윤리인가? 왜 우리는 문학에 대해 말할 때 윤리를 말하는가? 좀더 구체적으로, 요즘 문학인들이 문학에 대해서 말할 때 윤리를 언급하는 순간은 언제인가? 흥미롭게도 그것은 문학의 위기에 대해서 말할 때다. 굳이 언급하는 것도 민망할 만큼 요즘 문학의 영향력은 보잘것없이 축소되었다. 문학은 학교로 상징되는 제도권의 권위로 연명하며, 소수의 교양 있는, 혹은 대중적인 독자들의 여가시간을 채우기 위해 존재하는 구식의 여가활동이 되었다. 한편 교양 있는 독자들을 상대로 하는 (대중문학에 대항하는) 문학 시장은 대중문학 시장과 자신의 가장 큰 차별점으로 윤리를 꼽는다. 한마디로 그 모호하기 짝이 없는 윤리성의 존재 여부를 통해 다른 하찮은 대중소설과 진지한 문학작품을 구별할 수 있다는 것이다. 이 지점에서 나는 윤리가 문학에 있어 일종의 알리바이로 쓰인다는 의혹을 갖게 되었다. 다시 말해, 문학계 사람들이 제발트의 글에서 요즘 시대에 흔치 않은 진정한 문학의 흔적을 보면서 열광하는 이유는 거기에서 문학이라는 사멸해가는 한 시장의 존립 근거를 발견했기 때문이 아닌가? 자신들의 정체성을 정당화하기 위한, 흔치 않게 세련된 알리바이를 발견했기 때문이 아닌가? (이것은 한줌밖에 안되는 지식인/예술가를 주제/관객으로 다루는 홍상수의 영화가 '사람이 되지는 못해도 짐승은 되지 말자'며 '최소한의 윤리'를 주장하는 사태와 연결해볼 수도 있다. 결국 이 윤리란 급진성을 잃어버린, 주류나 기득권과 다를 바 없이 보수화된 지식인과 예술가들이 자신의 처지를 변명하는 알리바이가 아닌가?)

다시 제발트의 글로 돌아와서, 『토성의 고리』에서 주장하는 문학적인 윤리란 구체적으로 무엇인가? 그것은 잊힌 것들을 애도하는 것이다. 파국의 풍경에서 통증을 느끼고, 결국 여행의 끝에 진짜로 몸에 마비를 일으키는, 신음하는 마음이다. 그러니까 이 윤리라는 것은 일종의 마취제다. 마비시키고 중단시키는 윤리다. 제발트의 글이 소설과 에세이, 허구와 비허구 사이에 어정쩡하게 끼여 있는 글더미로 남을 수밖에 없는 이유도 그것이다. 그의 글이 가진 강한 문학적 윤리가 무언가 되기를, 어딘가 가기를 완강하게 거부하고 있는 것이다. 무언가를 이루려는 인간의 광기가 낳은 것은 폭력이며, 폭력의 반복 속에서 우리가 도착한 곳은 폐허의 세계다. 그것을 잊지 않으려는, 그것을 막으려는 의지는 자연스럽게 극단적인 회의주의에 도달하게 된다. 사실 이것은 2차대전 이후의 모든 지적/예술적 운동의 중심에 놓여 있는 회의주의다. 모든 인간적인 것에 대한 절대적인 회의가 해체와 거부를 거쳐 마비로, 그러니까 완벽한 교착 상태로 귀결되는 것은 일견 논리적이다. 그러니까 아무 데도 갈 수 없다. 그런데 비탄에 빠져 아무 데도 갈 수 없고 아무것도 할 수 없게 된 마음을 윤리라고 부르는 것이 타당한가? 그건 회의주의를 가져온 원인세계를 망각한 채 회의주의 말고는 아무것도 믿지 않게 된, 일종의 종교가 아닌가? 혹은 '최소한의 윤리'를 주장하는 스스로와 사랑에 빠지는 나르시시즘이 아닌가? 만약 이것을 윤리라고 부를 수 있다면, 이 윤리가 할 수 있는 것은 오직 문학뿐이다. 아무것도 만들지 못하고 아무 데도 이르지 못하며, 고장난 기계처럼 문학만을 반복 호명하는 윤리. 그것은 문학을 제외한 모든 것을 불신하는, 세계에 대한 총체적인 불신을 문학에 대한 오타쿠적인 열광으로 전도하는, 지극히 자폐적인 세계관이다.

—

공허감을 잊기 위해 여행을 떠났는데 결국 비탄 속에서 온몸이 마비되고 마는 것은 당연한 일이다. 지금 우리가 사는 세계는 우울하고 섬세한 여행자에게 작은 기쁨을 안겨줄 정도로 괜찮은 곳이 아니기 때문이다. 하지만 그렇다고 마비된 채 앉아 있기에는 너무 많은, 더 나쁜 날들이 우리 앞에 펼쳐져 있다. 우리의 문명을 부서져나간 달의 잔해로 보기에는 너무 이르다. 달은 아직도 부서지는 중이니까.

경계 위를 걷기

배수아론 —『이바나』(이마고 2002)를 중심으로

소설가 배수아의 등장
은 낯설었다. 소설 이전에 배수아라는 사람 자체가 그랬다. 문학에
대한 어떤 존경심도 없어 보였고, 직업은 공무원이었으며, 습작기간
도, 문학수업을 받은 적도 없었다. 흔히 사람들이 소설가에게 기대
하는 것과 거리가 먼 라이프스타일을 가지고 있었다. 발표하는 소
설도 자신이 가진 이런 이미지와 잘 어울렸다.『푸른 사과가 있는 국
도』『심야통신』『부주의한 사랑』 등 초기 소설에서 그녀는 건조한
도시적 감수성과 자유연상기법에 가까운 서술방식을 결합하여 다
른 작가들과 구별되는 배수아만의 고유한 스타일을 만들어냈다. 소
설이라기보다는 내면에 쌓여 있는 꿈같은 이미지들을 억압 없이 불
러내는 기록이라는 인상을 주는 특유의 글쓰기 스타일은 초창기에
형성되어 에세이적 글쓰기를 실천하는 현재까지도 이어지고 있다.

초기 배수아의 무의식적이고, 비억압적인 서술방식은 평단과 독자들로부터 양분된 반응을 이끌어냈다. 문법은 존중되지 않으며, 시간의 순서 또한 고려 대상이 아니고, 심지어 화자도 고정되어 있지 않다. 이 시기 배수아 소설의 매력*은 크게 두가지로 볼 수 있는데 첫번째는 꿈을 연상시키는 서술방식과 건조한 도시적 정서가 뒤섞여 만들어내는 독특한 분위기다. 그 분위기는 나른한 허무주의적 정서라고 할 수 있는데 시대의 정서가 배수아 고유의 방식으로 투영되어 있다고 볼 수 있다. 90년대 한국에서는 87항쟁으로 대표되는 정치적 투쟁이 소멸하고 그 빈자리를 X세대로 상징되는 소비행위가 빠르게 메워갔다. 즉 정치와 경제가 자리바꿈하는 순간, 과잉된 의미로 충만했던 삶이 일련의 평면적인 소비활동으로 대체되는 과도기를 경험하게 된 인간이 느끼는 무력함, 그런데 이제 그 무력감조차 소비를 통해서만 해소할 수 있게 된 인간이 느끼는 이중의 무력감이 이 시기 청춘을 통과한 예민한 젊은이들이 공유하는 공통감각이 아닐까.

초창기 배수아 소설의 또다른 매력은 사춘기 소년 소녀를 바라보는 고유의 비판적인 시각이다. 이 시기 배수아의 인물들은 대체로 조숙한 사춘기 소년 소녀들이다. 그들은 세계의 부조리를 완전히 간

---

* 나는 배수아의 작품세계를 『이바나』가 쓰인 시기를 기점으로 둘로 나누려 한다.

파하고 있을 정도로 똑똑하다. 그래서 주류적 가치들에 거리를 두고 사회의 아웃사이더로서 살아간다. 하지만 거기엔 언제나 불안이 있다. 그들은 자신들이 등을 돌린 그 세계가 만만한 것이 아니라는 사실을 잘 알고 있다. 즉 그들의 사춘기적 탈주는 불완전하며, 실패할 수밖에 없다는 것을 잘 알고 있다. 그래서 그들은 자신들의 탈주가 실패하고 사회와 타협을 이룰까봐, 혹은 진짜 탈주에 성공하여 존재 자체가 잊힐까봐(고속도로에서 사과를 파는 여자가 되면 어쩌나) 불안에 떤다. 성장이냐 타락이냐, 도망치느냐 지워지느냐, 수치스러운 것은 둘 다 마찬가지다. 가장 꿈같은 이야기를 늘어놓을 때에도 배수아는 바로 이 불안을, 이 반항심 가득한 삐딱한 청년들의 아킬레스건을 놓치지 않는다.

이렇게 초창기 배수아의 소설들은 낯설고 독특한 스타일과 함께 시대적인 의미, 그리고 자신의 인물들에 대한 최소한의 비판적 감각을 유지함으로써 청춘문학으로서 일정 수준 이상의 성취를 이루고 있다. 하지만 급진적인 세계관을 담고 있다기보다는 스타일이 부각된, 중간계급 젊은이들의 이야기라고 할 수 있다. 실제 독특한 스타일리스트로 여겨지던 배수아가 지금처럼 한국문학에서 자신만의 확고한 영역을 구축하게 된 것은 사춘기적 상태에 머물러 있던 아웃사이더 테마를 급진적으로 밀고 나가면서부터였다. 이 급진화는 그녀의 삶과 글에서 동시에 진행되었는데, 현실의 삶에서 그녀는 직장을 떠나 번역가이자 전업작가의 길을 택하게 된다. 예민한 소년 소녀들이 일기장을 상자에 넣고 사회에 편입하는 것을 거의 완료해가는 시점에 그녀는 정반대의 길로 뛰어든 것이다. 물론 이 모험은 사춘기 시절의 방황처럼 낭만적일 수는 없다. 당장 생활인으로서의 불안에 직면하게 되는 것이다. 이 불안, 자신의 선택에 대한 확신과 망설임 사이에서 갖는 방황이 탁월하게 형상화된 작품이 바로 소설 『이바나』다. 이 소설을 경계로 작품세계를 전과 후로 나눌 수 있을 정도로 『이바나』는 배수아의 소설세계에서 문제적인 작품이다. 물론 그보다 전에 나온 『그 사람의 첫사랑』(『소설집 No.4』로 재출간)에서도 변화는 감지된다. 이 소설집에는 그때까지 나온 배수아의 소설들 가운데 가장 배수아답지 않은, 보수적인 기준으로 판단해도 손색이 없는 잘 쓰인 소설들이 수록되어 있다. 비문은 찾아보기 힘들고, 비교적 선명한 플롯구조를 가지고 있으며, 묘사는 리얼리즘적이다. 물론 그렇다고 해서 특유의 스타일을 완전히 포기하고 있지는 않은데, 사실 그녀의 변화는, 모든 의미있는 변화가 그렇겠지만, 단절적이라기보다는 연속적이다. 그녀는 세계관을 바꾼 적이 없다. 단지 그것을 극단적으로 밀고 나갔을 뿐이다. 그러는 과정에서 특유의 안개 같던 풍경은 선명해졌고, 더이상 그녀의 글은 비문이 매력인 독특한 신세대 글이 아니게 된 것뿐이다.

이 급진화의 시기 배수아는 삶과 작품세계를 바꾸어놓을 만큼 근본적인 정신적 변화를 겪었다. 실제로 그녀는 한 인터뷰에서 이 시기를 언급하며 '혁명'이라는 단어를 사용한다. 이 내적 혁명이 뭐였는지를 가장 가까이에서 추측해볼 수 있는 것이 소설 『이바나』다. 이 소설은 배수아가 하나의 세계에서 다른 세계로 이행하는 시간 속에서 쓰였기 때문이다. 어쩌면 이 책이 갖는 진정한 호소력은 현실의 인간이 이뤄낸 정신적 변혁의 순간을 포착하고 있는 데서 나오는 것인지도 모른다.

배수아가 현실에서 안정된 서울의 공무원의 삶을 버리고 낯선 베를린으로 간 것처럼 『이바나』의 주인공은 자신이 살아온 도시를 버리고 중고차 이바나와 함께 여행을 떠난다. 그런데 그 여행은 흔한 여행이 아니다. 무료한 삶을 견디는 중간계급에게 보답처럼 주어지는 여가로서의 여행이 아니다. 그것은 지금까지 이어져온 자신의 삶을 끊어버리고 스스로를 추방자의 운명으로 내모는 여행이다. 배수아처럼 『이바나』의 주인공 또한 여행을 통해 자신의 토대인 메트로폴리스(서울)와 작별한다. 반복해서 말하지만 이것은 한때의 치기 어린 일탈이 아니다. 그녀는 고향을 잃는 자의 공포를 정확히 이해하고 있다. 그래서인지 이 책의 지배적인 정서는 새로운 세계를 찾아 떠나는 자의 설렘이 아니라 자신에게 가장 근본적인 것을 포기하는 자의 불안과 공포다. 물론 그것은 불면에 시달리는 대도시의 소시민들이 매일 밤 꾸는 달콤한 꿈이기도 하다. 이 지긋지긋한 도시를 영원히 떠나는 것.*

　이 시기를 경계로 배수아의 소설은 점차 에세이에 가까워진다. 아예 제목에 에세이라는 단어가 들어간 『에세이스트의 책상』에서 배수아 본인의 독서노트에 가까워 보이는 『당나귀들』을 거치면 단편집 『올빼미의 없음』에서는 작가 자신의 실명이 등장하기도 한다. 에세이에 가까워진 그녀의 소설은 초창기 소설과 유사하면서도 다른 방식으로 스타일, 다시 말해 문장을 전면에 부각시킨다. 그런데 이렇게 배수아가 에세이적 소설 쓰기에 깊이 발을 담그게 된 계기로 그녀가 여러번 좋아한다고 밝힌 제발트의 영향을 무시할 수는 없을 것이다. 하지만 제발트에 비해 배수아의 글쓰기는 좀더 히스테릭하며, 그것이 제발트보다 배수아의 글쓰기가 더 흥미로운 이유이기도 하다. 히스테리가 없는 제발트의 글쓰기는 유려하며 매끈하게 봉합되어 있다. 반면 배수아의 글쓰기는 언제나 과잉되어 있으며 비균질적이다. 제발트식 글쓰기가 꿈처럼 독자들을 마비시킨다면, 배수아의 히스테릭한 글쓰기는 독자들을 불편하게 한다. 배수아의 히스테리적 언어는 한국과 독일을 오가면서 이중언어의 현실에 놓이게 된 데서 비롯한다. 물론 제발트도 이중언어 환경에 놓여 있긴 했지만

---

* 아마도 그렇기 때문에 배수아의 주요 독자는 불면과 우울에 시달리는 서울의 화이트칼라 노동자들이다. 『이바나』 속에서 여행을 가지 않는 자들이 여행기를 읽듯이 그들은 배수아를 읽는다. 자신이 내리지 못한 무모한 결단을 내린 한 고집 센 인간을 부러워하며.

독어와 영어는 독어와 한국어에 비해 상대적으로 비슷하며, 제발트는 젊어서 영국에 건너가 양쪽 언어 모두에 익숙하기 때문에 배수아와 상황이 다르다. 극단적으로 다른 두 언어 사이에 놓이게 되면, 언어의 인공성(물질성)이 선명해지고, 언어 자체의 존재감이 팽창한다. 작가에게 그런 상황은 축복이자 저주이다. 자칫하면 언어 자체에 갇혀버리기 때문이다. 조이스나 베께뜨 같은 모더니스트 작가들이 생의 후기에 빠진 곤경이 바로 그것이다. 언어의 물질성에 사로잡힌 모더니스트들은 언어를 언어의 경계로, 다시 말해 침묵으로 밀어붙이게 되는데 물론 침묵에 닿는 데에는 실패하게 된다. 말은 침묵할 수 없기 때문이다. 소설집『올빼미의 없음』에 수록된「밤이 염세적이다」에서 배수아는 바로 이 곤경의 지점을 포착한다. 언어와 언어가 아닌 것의 경계. 말과 침묵 사이의 경계. 배수아는 바로 거기 도달한 것으로 보인다. 그곳에서 문장은 해체되고, 단어는 부서지고, 결국 구두점만 남게 된다. 이 언어와 비언어 사이의 경계, 말과 침묵의, 있음과 없음의 경계에서 돌연 부상하는 것은 목소리다. 왜냐하면 목소리는 비물질이면서도 침묵과 대비되는 어떤 것이기 때문이다. 언어가 사라진 뒤에도 목소리는 존재할 수 있다. 아니 목소리는 언어의 끝과 침묵의 시작, 그 좁은 틈에 존재한다. 그러니까 그것은 침묵의 가장 직전이다.

　최근의 그녀가 형식적인 측면에서 언어와 비언어의 경계를 탐구하고 있다면, 내용적인 측면에서는 의식과 무의식의 경계 지점을 포착하는 데 힘을 쏟고 있다. 예를 들어 단편 「무종」의 중간 부분, 꿈에 대해 서술하는 문장은 자신이 꿈을 서술하고 있음을 문장 스스로 드러낸다. 이후 이어진 일련의 장편소설들(『북쪽 거실』 『서울의 낮은 언덕들』 『알려지지 않은 밤과 하루』)에서는 꿈과 목소리가 전면적으로 부각된다. 즉 배수아 소설의 최신 경향은 형식적인 측면에서 목소리로서의 언어를 탐구하는 것, 내용의 측면에서는 에세이적 글쓰기에서 꿈에 대한 글쓰기로의 변화다. 처음 배수아의 소설이 소설과 에세이 사이를 가로지르기 시작한 것이 그녀의 사적 현실이 속한 세계(베를린)와 그녀의 독자가 속한 세계(한국) 사이의 거대한 틈을 메우기 위한 시도였다면, 지금 그녀의 글이 에세이적 글쓰기에서 꿈에 대한 서술로 이동하고 있는 것은 그녀의 비타협적인 고립주의가 자신의 사적인 현실을 포함하여 현실 전체에서 등을 돌리는 징후로 파악할 수 있을 것이다. 그렇다면 배수아의 꿈의 세계는 배수아의 억압된 현실 세계를 투사하는, 굴절된 거울이라고 볼 수 있지 않을까? 제발트가 써퍽 지방의 종말론적 풍경에 압도되어 보르헤스적 꿈의 세계를 어슬렁거렸듯, 카프카가 자신의 현실적 곤경을 재료 삼아 관료들로 이루어진 악몽의 세계를 설계했듯 말이다. 배수아는 굳게 닫힌 문틈으로 새어들어오는 현실의 압력을 재료 삼아 길을 잃은 목소리들이 떠다니는 꿈의 세계를 짓고 있다. 그 세계는 경계 위에 지어진, 경계로 이루어진 세계다. 언어 없는 목소리가 침묵과 함께 떠돌며, 현실과 꿈이 서로를 향해 녹아드는. 그곳은 막다른 골목이며, 배수아는 그 막다른 골목을 빠져나오는 대신 그 골목 자체를 확장하겠다는 과감한 승부수를 던졌다. 이런 시도는 배수아를, 배수아의 글을 어디에 이르게 할 것인가. 한가지 확실한 것은, 그녀가 향하는 곳은 우리가 한번도 닿아본 적 없는 낯선 곳이리라는 사실이다.

남자들

뷔히너, 부코스키 그리고 플로베르에 관한 짧은 에세이

1. 보이체크

　무엇인가를 말하고 싶다면 입을 열어야 한다. 마음속에 품은 말은 아무도 듣지 못한다. 말을 하는 방식에는 여러가지가 있다. 좋은 방식도 있고 괴상한 방식도 있다. 권장되는 방식도 있고 용납되지 않는 방식도 있다. 용납되지 않는 방식 중 하나로 살인이 있다. 그렇다. 어떤 살인은 일종의 발언이다. 보이체크가 저지른 살인이 바로 그렇다. 그는 아주 비참한 삶을 살았는데, 그 비참함을 표현할 말을 갖지 못했다. 언어는 그의 편이 아니었다. 그래서 그는 죽였다. 그것은 불운한 삶이라고 할 수 있다. 「보이체크」의 작가 게오르크 뷔히너 또한 불운한 삶을 살았다고 할 수 있다. 그는 몇편의 글을 썼고 사회주의에 경도되어 있었다. 그는 세상을 바꾸기 위해서 많은 일을 벌였고, 실패했고, 스물네살에 죽고 말았다. 그렇다면 과연 그의 인생은 불운했나?

「보이체크」를 읽던 시기, 나는 비슷한 종류의 글을 좋아했다. 피란델로, 미셸 비나메르와 이오네스꼬, 사뮈엘 베께뜨 따위 극으로 올리기 위한 언어들, 언어만으로는 불안전한 그런 언어들로 쓰인 책들. 하지만 가장 좋아한 것은 노래 가사였다. 좋은 노래 가사들은 그저 그런 시보다 훨씬 더 시였다. 물론 시도 읽었다. 마야꼽스끼, 아, 다닐 하름스를 읽었다. 그는 농담을 잘했고 감옥에서 굶어 죽었다. 그런 것들에 흥미를 느꼈다. 굶어 죽은 러시아 남자. 살인을 저지른 가난한 독일인과 정신병에 걸린 아내로 인해 고통받은 극작가. 애인을 죽인 프랑스 여자와 주인을 토막 살해한 하녀들……

범죄란 흥미로운 형식이다. 거기엔 삶의 여러 불운한 측면이 응축되어 있으며 피 냄새가 난다. 해결되지 못한 많은 문제가, 우리의 삶에 혹처럼 달린 해결될 수 없는 문제들이 피를 부른다. 그것은 잘 관리되어 있는 소시민의 일상에서 아주 거리가 먼 것들이다. 피가 흐르는 살은, 관리되기가 어렵다. 그곳이 도살장이 아닌 이상. 아니 도살장에서도, 살을 가르고 뼈를 발라내는 노동자는 언제나 피범벅이다. 결국 더러운 피를 뒤집어쓰는 것은 우리가 아니고, 우리의 깨끗한 식탁이 아니고, 우리의 잘 정돈된 삶이 아니며…… 언제나 다른 누군가의 것이다. 누군가는, 우리의 피를 대신 뒤집어쓴다. 그 누군가의 시급은 대개 형편없다. 그들은 삶이 나아지기를 희망하지만 그럴 수가 없다. 그들에겐 운이 없기 때문이다. 충분한 행운을 손에 쥐지 못하고 태어난 사람들은 모기보다 쉽게 죽는다. 삶은 불공평하다. 보이체크는 불운했고, 그의 아내는 누구보다 쉽게 죽었다.

1835년 슈트라스부르크에서 게오르크 뷔히너는 이렇게 썼다. "철학 공부를 하다보면 제 머리가 아주 어리석다는 생각이 듭니다. 저는 인간의 정신이 보잘것없다는 사실을 다시금 새로운 측면에서 배우게 됩니다. 어쩔 수 없는 노릇이죠! 우리의 바지에 난 구멍이 궁전의 창이라는 공상만 할 수 있다면 우리는 분명 임금처럼 살 수 있을 텐데요. 하지만 그렇게 하다가는 불쌍하게 얼어 죽겠지요……"

게오르크 뷔히너는 스물네살에 장티푸스로 죽었다. 「보이체크」는 그가 죽은 뒤 책상 서랍에서 발견되었다. 그것은 정돈되지 않은 원고 뭉치였다. 우리는 영원히 그 이야기의 순서를 모른다. 그것은 영원히 뒤죽박죽이다. 이야기의 어디에선가 보이체크는 마리를 죽이고, 물에 빠져 죽는다. 그것이 시작인지 결말인지 알 수 없다. 그것이 행운인지 불운인지 알 수 없다. 보잘것없는 인간의 정신은 영원히 모른다.

2. 헨리 치나스키

헨리 치나스키, 그때까지 나는 그를 영화 속에서 한번, 프라하의 한 서점에서 한번, 그리고 브루클린의 모래사장에서 한번 보았다. 영화 속에서 헨리 치나스키는 미키 루크였다. 헨리 치나스키는 너무 익어서 터져버린 오렌지 같은 로스앤젤레스의 태양 아래, 설탕이 흘러내리는 듯 달콤한 공기 속에 서 있다. 한 손에는 술병이 들려 있다. 헨리는 경마를 한다. 헨리는 막노동을 한다. 헨리를 시를 쓰고, 헨리는 베토벤을 듣는다. 헨리는 싸운다. 헨리는 욕한다. 헨리는 돈을 탕진하고 헨리는 창녀와 섹스를 하고 헨리는 무엇보다 술을 마신다.

몇년 뒤 나는 프라하의 한 서점에 있고 책장에서 찰스 부코스키의 이름을 발견한다. 책을 꺼내면 거기 '여자'라고 쓰여 있다. 그 책에서 찰스 부코스키는 여자에 대해서 썼다. 역겨운 얘기다. 몇달 후 나는 롱아일랜드의 해변가에 있고 책장을 펼치자 거기 헨리 치나스키가 있다. 그는 아주 많이 역겹다.

찰스 부코스키는 술을 많이 마셨다. 마약을 싫어했고, FBI가 그를 감시했다. 하지만 그는 신경 쓰지 않고 온갖 지저분한 글을 썼다. 가끔 아내를 때리고 친구 엄마의 치마를 들췄으며, 일흔네살에 죽었다. 살아 있는 동안 그는 대개 술에 취해 있었다.

비슷한 시기 비슷한 글들을 좋아했다. 부코스키와 비슷한 시기에 태어난 미국의 남성 작가들은 대체로 아내를 학대하는 취미가 있었다. 노먼 메일러는 아내를 칼로 찔렀다. 윌리엄 버로스는 아내를 권총으로 쏴 죽였다. 헌터 톰슨은 아내를 마약에 중독시켰다. "그이는 언제나 화가 나 있었어요." 헌터 톰슨의 아내는 한 인터뷰에서 말했다. 그들은 대체로 매력적이었고, 인간쓰레기였고, 화가 나 있었다. 무엇이 그들을 그렇게 화나게 했을까? 더 많은 술도, 더 많은 마약도, 더 많은 폭력과 글쓰기도 그들을 진정시키지 못했다. 그들은 화를 내며 더 많은 글을 썼고 오래오래 살았다. 아마도 전쟁이, 그들을 돌아버리게 한 건가?

총과 술과 마약과 여자, 그들의 인생을 채우고 있던 것들에 대해서 생각한다. 총과 술과 마약과 여자, 미국에 대해서 생각한다. 총과 술과 마약과 여자, 화가 나서 돌아버린 미국 남자들을 생각한다. 그들의 삶은 분노로 가득했다. 그것은 불운한 삶이었나? 우리는 우리의 삶이 좋았는지 나빴는지 죽기 전까지는 알 수 없다. 죽기 직전의 커트 보네거트가 그렇게 썼다. 그것은 사실인가? 그는 죽은 다음 답을 알게 되었나?

3. 프레데릭 모로

여기 꿈꾸는 듯한 표정으로, 파리 방향을 바라보는 엠마 보바리는 권태에 사로잡혀 있다. 열병과도 같은 꿈에 사로잡힌 사람이 어떻게 권태로울 수 있는가. 그것에 대해서 플로베르가 완벽한 문장으로 말한다. 시간이 흘러 꿈에 사로잡힌 엠마의 멍한 눈빛을 플로베르는 프레데릭 모로에게 물려준다. 그렇다. 프레데릭 모로는 좀더 씁쓸해지고 좀더 정돈된 버전의 엠마 보바리다. 혁명이 쓸고 지나간 자리, 예외적인 시간들이 흘러가고 다시 일상이 찾아왔을 때 사람들은 자연스럽게 환멸에 빠져들었다. 혁명은 도둑처럼 찾아왔고, 하지만 그것이 퍼부었던 달콤한 약속들은, 장밋빛 미래는 거의 오지 않았다. 예외적인 시간들이 영원히 흘러가버렸다는 사실을 깨닫지 못한 사람들은 상한 꿈속으로 빠져든다.

어머니 저는 파리에 가서 장관이 되겠어요.

환멸은 축제를 밀쳐놓고 잘 정리된 일상을 가져온다. 평온한 일상 속에서 권태가 자라난다. 하지만 아직은 포기하기에 조금 이르다. 아직은 때늦은 꿈을 꿀 수 있다. 주위를 둘러보면 진짜로 꿈을 이룬 사람들, 운이 좋은 사람들이 있다. 그러니까 나의 운을 시험해봐야 한다.

읽다

리얼리티는 변한다. 우리가 플로베르의 사실주의를 그럴듯하다고 생각하는 것은, 플로베르 이후 우리 앞에 펼쳐진 삶이 그가 소설 속에서 앞당겨 보여준 것과 다르지 않기 때문이다. 그것은 환멸로 가득한 현대적 삶이다. 청춘과 축제, 변화와 열정에 관한 넘쳐나는 이야기들은 이미 모두 그 안에 필연적으로 환멸을 감추고 있다. 이 필연적인 과정을 우리는 성숙이라고 부른다. 하지만 과연, 프레데릭 모로는 성숙했는가? 결말에서 그는 오랜 친구와 과거를 돌아본다. 적당히 맥 빠진 태도로. 그것은 과연 세련되었다. 우리의 프레데릭 모로는 세련되고, 지겨워졌다.

아직 늙음을 모르는 자들이 절정은 모두 흘러갔으며 나의 모든 행복은 과거에 있었다며 한탄한다. 물론 누구든 돌아볼 수 있다. 일곱 살짜리가 네살 적의 자신을 돌아보며 쓴웃음 지을 수 있다. 우리는 그것을 위선이나 거짓이라고 말할 수 없다. 인간에게 기억이 있는 이상, 우리가 돌아볼 과거를 조금이라도 갖고 있는 이상 우리는 언제나 무엇이든 추억거리로 만들고 만다. 하지만 여전히 나는 의심스럽다. 무엇이 우리를 추억에 잠기게 하는가. 과연 우리의 과거는 그만큼 아름다웠는가? 과연 한순간이라도, 우리가 광고에 나오는 얼굴처럼 순진한 미소를 짓던 시기가 있었는가? 우리의 얼빠진 프레데릭 모로에게는 그런 시절이 존재했을까? 과거의 그는 순진했나? 그때 그는 순진한 꿈에 빠져들었나? 그가 그리던 꿈의 여자는 아름다운 귀족 부인이었고, 그가 원하던 미래는 장관이 되는 것이다. 거기에서 발견되는 순진함은 어떤 종류의 순진함인가?

마지막으로, 가장 중요한 질문이 남아 있다. 어떤 환상도 없는, 그래서 어떤 환멸도 없는, 무엇에도 열광하지 않으며 무엇에도 실망하지 않는 그런 정신은 가능한가? 그런 정신을 인간이 견딜 수 있는가? 무엇보다도, 그런 정신을 가진 인간이 실제로 존재하는가? 물론이다. 나는 그런 인간을 본 적이 있다. 그는 세상에 대한 어떤 환상도 없이 진지한 태도로 적당한 온도의 리슬링을 홀짝이며 적당한 질감의 파스타 가락을 씹어 삼켰다. 하지만 안타깝게도 그는 자신에 대한 환상에 사로잡혀 있었고, 나는 다시 한번 실망에 빠졌다. 나는 프레데릭 모로가 다름 아닌 나라는 사실을 깨달았다.

나쁜 교육

귀스따브 플로베르 『감정 교육』 (민음사 2014)

고향으로 향하는 배 위에서 프레데릭은 평생의 사랑 아르누 부인과 처음 대면한다. 그 만남은 생각보다 조금 미묘하다. 지나치기 쉬운 사실은, 그가 아르누 부인을 마주치기에 앞서 아르누 씨를 만난다는 것이다. 둘은 이야기를 나누고 프레데릭은 그에게 호감을 느낀다. 그가 아르누에게 느끼는 호감이 아들이 아버지에게 갖는 애정과 닮아 있다는 사실을 독자가 애써 짐작할 필요도 없이 플로베르는 직설적으로 적는다. 아르누는 "아버지와 같은 말투로 재치 있게 말했다". 곧 알려지는 사실인데, 프레데릭에게는 아버지가 없다.

이렇게 아르누를 프레데릭의 상징적인 아버지 위치에 올려놓은 뒤에야 비로소 아르누 부인은 등장한다. 프레데릭은 그녀에게 첫눈에 반하지만 곧 그녀가 아르누의 아내라는 것을 알게 된다. 놀랍게도 소설은 시작된 지 몇페이지 만에 앞으로 이야기의 중심축으로 기능하게 될 프레데릭과 아르누 부부와의 문제적인 관계를 숨김없이 쫙 펼쳐놓는다. 다시 말해 플로베르는 자신의 패를 모두 꺼내놓은 채로 게임을 시작한다. 이야기엔 어떤 비밀도, 그림자도 없다. 비밀이 없으니 폭로될 것도 없다. 프레데릭과 아르누 부인과의 관계는 처음부터 명백하다. 그것은 이루어질 수 없는 관계다. 그 불가능성은 이중적인 면에서 그러한데, 그녀가 남편이 있다는 점에서, 또하나는 그 남편이 프레데릭의 상징적 아버지라는 면에서 그렇다.

이야기 내내 프레데릭은 고향인 노장에서 파리로 도망치는 것을 염원하고, 실제로 도망친다. 하지만 그와 아르누 부부와의 관계를 고려해보면 그것은 진정한 독립과는 정반대의 길, 부모의 품속으로 기어들어가는 퇴행에 더 가깝다. 실제로 아르누는 파리에서 지내는 생면부지의 프레데릭에게 아버지같이 절대적인 영향력을 갖는다. 단지 아르누 부인만이 아니라, 그가 파리에서 맺게 되는 인간관계—팰르랭 등의 파리 친구들 그리고 그의 또다른 연인 로자네뜨까지 아르누를 통해 알게 된 인연이다. 심지어 프레데릭은 아르누와 연인 로자네뜨를 공유하기까지 한다.

물론 프레데릭에게는 아르누 부인과 로자네뜨 말고도 다른 여자들이 있다. 로크 씨의 딸인 루이즈, 부와 명예를 모두 지닌 당브뢰즈 부인 등이 그렇다. 하지만 그녀들과의 관계는 아르누 부인/로자네뜨와의 관계와 성격이 다르다. 루이즈나 당브뢰즈 부인과의 관계는 공식적이다. 즉 그들은 언제나 결혼이라는 제도와 함께 언급된다. 반면 아르누 부인/로자네뜨와의 관계는 사적이다. 그것은 그 관계들이 완벽한 비밀에 머무른다는 뜻이 아니다. 프레데릭과 그들과의 관계는 소설 내내 공공연하게 발설된다. 단지 수면 위로, 공식적인 장 위로 떠오르지 않을 뿐이다. 하지만 이 떳떳하지 못한 관계들이 그가 진정 진지하게 몰두하는 주제이고, 따라서 독자들은 그가 가끔은 충동적으로, 가끔은 우유부단하게 이 여자와 저 여자 사이를 오가는 것을 아슬아슬한 심정으로 지켜보게 된다. 하지만 결과적으로 그 관계들이 내포한 듯 보이는 위험성은 맥거핀에 가깝다. 그 어떤 관계도 그를 파멸로 몰아넣지 않기 때문이다. 한 예로, 그가 아르누 부인을 모욕한 상대에게 분노하여 결투를 벌이게 된 사건을 들수 있다. 그는 결투에 나서긴 하지만 그 결투는 제대로 벌어지기도 전에 끝나버린다.

책의 제목인 '감정 교육', 내가 멋대로 해석을 가해보자면 그것은 19세기 들어 파리를 중심으로 나타나기 시작한 지극히 현대적인 감정 상태에 대한 교육, 즉 새롭게 등장한 감정을 독자에게 교육하겠다는 플로베르의 야심을 담고 있다. 소설 속 모든 인물과 사건은 독자가 그 새로운 감정을 체험하고 몸에 익히도록 하기 위해 세심하게 고안되어 있다. 그 감정이란 달콤 쌉싸름한 환멸감, 모호한 피로,

허무함과 쓸쓸함이 복합된 뒤죽박죽의 마음 상태 같은 것이다. 사실 정확히 뭐라고 불러야 할지 모르겠지만, 독자들은 프레데릭이 벌이고 다니는 작은 소동들을 지켜보면서 그 미묘한 감정을 손에 잡힐 듯 느끼게 된다.

　진정한 사랑인지 속물적 욕망인지 판단 내리기 애매한 연애 소동들, 너무나도 쉽게 그 모양을 바꾸어버리는 야망들, 속물적인 등장인물들의 지극히 속물적인 좌절과 실패, 어딘지 모르게 맥 빠지게 느껴지는 혁명 상황을 둘러싼 묘사들…… 혁명과 사랑과 욕망, 그것들은 과거라면 하나같이 엄청난 무게를 가지고 비장하게 묘사되었을 주제들이다. 하지만 프레데릭의 파리에서는 하나같이 흐리멍텅한, 뭔가의 어설픈 복사품에 가까워 보인다. 마치 아르누가 아버지의 대체물이듯, 로자네뜨가 아르누 부인의 대체물이듯, 그리고 당브뢰즈 부부가 아르누 부부의 대체물이었듯 말이다. 하여 처음으로 돌아가서, 프레데릭과 아르누 부인의 관계가 근친상간적이라는 것은 이 소설에 별다른 충격적인 비극의 색채를 더하지 않는다. (실제로 결말 부분, 프레데릭과 아르누 부인의 마지막 재회 부분에서 플로베르는 스스럼없이 '근친상간'이라는 용어를 사용한다.) 그리고 바로 이 점이 『감정 교육』을 진정한 현대소설로 만들어준다. 플로베르는 우리에게 닥쳐온 현대라는 것이, 정신적인 영역에서 어떤 변화를 일으키게 될지, 종교의 성스러움이 엑스레이의 과학으로 대체되어버린 시대에 세속화한 인간들이 살아가는 세상이 어떤 모습일지를 보여주려고 한 것이다. 그것은 앞에 적었듯, 근친상간적 관계가 더이상 스캔들이 되지 않는 세계다. 더이상 금기가 존재하지 않는, 아니 어떤 금기도 위협적이지 않게 되어버린 탈도덕적인 세계. 동시대 사람들이 플로베르에게 느낀 충격과 분노의 핵심에는 이 문제가 놓여 있다.

　『보바리 부인』때와 마찬가지로, 그는 또 한번 더없이 부도덕한 소설을 써냈다. 하지만 그가 진짜 보여주고 싶었던 것은 더이상 부도덕이 부도덕으로 통하지 않는 시대에 마침내 우리가 살게 되었다는 것이다. 영웅도 사랑도 존재하지 않는 시대, 거기엔 더이상 진정한 증오도 완벽한 악당도 존재하지 않는다. 그저 사람들, 선에도 악에도 닿지 못한 채 천국과 지옥의 중간에서 부산하게 꿈틀거리는, 비 그친 화단 앞에 널린 지렁이들 같은, 어떠한 신비도 없는 비슷비슷한 인간들이 펼쳐져 있을 뿐.　　　　　　丶

자연주의의 부자연스러움

에밀 졸라 『목로주점』(문학동네 2011)

표준국어대사전에 따르면 목로란 '주로 선술집에서 술잔을 놓기 위해서 쓰는, 널빤지로 좁고 기다랗게 만든 상'을 뜻한다. 그리고 목로주점이란 '목로를 차려 놓고 술을 파는 집'이란 뜻이다. 사전을 찾아본 이유는, 소설의 제목 '목로주점'이라는 말이 잘 와 닿지 않았기 때문이다. 사전을 읽어본 뒤에도 잘 와 닿지 않기는 마찬가지였다. 포장마차나 막걸리집 정도라고 하면 되나? 내가 제목에 대해서 이렇게 긴 이야기를 늘어놓는 이유는 한문으로 된 고풍스러운 네글자 제목이 주는 이미지와 소설을 실제로 읽었을 때 받은 느낌이 많이 달랐기 때문이다. 솔직히 읽기 전에는 어렴풋이 술집에서 벌어지는 낭만적인 일이겠거니 했다. 하지만 실제로는 파리의 세탁부 여자의 불행한 삶에 대한 사실적이고 절망적인 기록이었다.

주인공 제르베즈는 건달 랑띠에와 함께 파리로 온다. 곧 아이가 태어난다. 하지만 랑띠에는 바람이 나 도망치고, 제르베즈는 혼자서 힘겹게 세탁부 일로 돈을 벌어 아이를 키운다. 그런 그녀에게 착하고 성실한 쿠포라는 함석공이 다가온다. 그녀는 우여곡절 끝에 쿠포와 결혼하게 되고, 한동안 행복하게 지낸다. 하지만 일하던 도중 지붕에서 떨어져 다친 쿠포는 술독에 빠지게 되고, 제르베즈는 다시 한번 불행 속으로 빠져든다. 다행스럽게도 그녀를 연모하던 또다른 남자 구제의 도움으로 세탁소가 딸린 집을 마련하여 꿈꾸던 자기 소유의 세탁소를 갖게 된다. 사업은 번창하지만 비극은 천천히 다가온다. 랑띠에가 돌아오고, 쿠포는 완전히 술주정뱅이가 되어버렸으며, 제르베즈는 자포자기한 채 자신의 집에 눌러살기 시작한 랑띠에와 바람을 피우는 한편 쿠포와 마찬가지로 입에 술을 대기 시작한다. 결국 쿠포는 죽고, 랑띠에는 또다시 다른 여자와 바람이 나고, 끝내 세탁소마저 잃게 된 제르베즈는 비참함 속에서 외롭게 생을 마감한다……

적고 보니 특별할 것 없는 통속적인 이야기지만, 사실 바로 그 점이 이 소설을 위대하게 만들었다. 어디에서나 볼 수 있는 가난한 여자의 비참한 삶을 소설의 주제로 삼은 한편, 하층민의 언어를 적극적으로 차용한 날것의 대화로 가득한 이런 소설은 전에는 존재하지 않았다. 실제로 백년이 훌쩍 지난 지금 읽어보아도 소설 내용은 파격적이다. 도입부의 빨래터에서 말 그대로 개싸움을 벌이는 두 여자, 등장인물들의 거침없는 욕설들, 그리고 한 여자가 두 남자와 한 집에 살면서 벌이는 노골적인 불륜 행각 등, 보수적인 독자라면 여전히 이 소설이 보여주는 사실적인 상황과 묘사를 받아들이기 힘들지도 모르겠다.

내가 이 소설에서 가장 마음에 든 것은 가난한 사람들의 생활에 대해서 어떤 환상도 갖지 않는다는 점이다. 쓸데없는 미화도, 그렇다고 폄하의 시선도 없다. 소설 속에서 제르베즈는 성녀도 아니고 그렇다고 그런 삶을 살아 마땅한 인간쓰레기도 아니다. 그녀는 그저 불운한 삶을 타고난 나약한 인간일 뿐이다. 그런 그녀가 결국 비참한 죽음을 맞이했다는 것, 그런데 그 과정이 너무나도 자연스럽다는 사실, 그러니까 아주 잠깐을 제외하면 그녀의 삶은 고통으로 가득차 있으며 끝까지 구원은 없었다는 사실, 이 소설이 우리에게 들려주는 이야기는 이미 우리가 다 알고 있는 것이지만 그래서 더욱 마음을 움직인다.

그런데 바로 이 지점에서 나는 의문을 갖게 된다. 현실이란, 그러니까 우리가 사는 삶이란, 사실 끔찍할 뿐인가? 그런 생각은 염세주의와 뭐가 다른가? 결국 자연주의란 염세주의의 다른 이름인가? 냉철하게 삶을 인식하는 것과 삶에서 어떤 가능성도 보지 못하는 것의 차이는 무엇인가? 나이를 먹고 삶을 이해하게 되면서 많은 사람이 시니컬하게 변한다. 어떤 가능성도 믿지 않고, 현실에 안주하며, 그게 유일한 진실이라고 주장한다. 하지만 나는 냉소와 현실 사이에는 가느다란 선이 있다고 믿는다. 그리고 그런 점에서 이 비참한 결말을 가진 위대한 소설에서 졸라가 추구했던 자연주의의 한계를 본다. 한마디로, 이 소설이 펼쳐 보이는 자연주의 또한 진리라기보다는 그저 또하나의 세계관일 뿐이라는 얘기다. 실제로 이 소설을 자세히 들여다보면, 제르베즈의 생일잔치를 정점으로 플롯이 대칭적으로 상승하고 하강하는 것을 볼 수 있다. 인간의 삶이 그렇게 대칭적으로 구성되는 상황은, 아니 모든 것이 인과관계에 따라서 흘러가는 상황은 다분히 예외적이다. 인생은 보다 더 많이 우연에 의해 좌우된다. 그러니까 이 책이 보여주는 현실은 진짜가 아니라 아주 잘 구성된 현실이다. 이런 건축학적 측면이 이 소설이 가진 매력이지만, 동시에 소설은 야속하게도 스스로 추구하는 현실성에서 멀어진다.

결국 리얼리즘, 사실주의, 자연주의 등으로 칭해지는 근대소설의 사조들은 현실을 날것 그대로 보여준다기보다는 현실이 무엇인가에 대한 작가들의 일련의 관점과 논평이라고 할 수 있다. 그런데 현실에 대한 일련의 잘 구성된 논평들은 과연 우리의 현실에 대해서 무얼 말해주는가? 그것은 자신이 현실이라 여기는 그 세계관에 대한 순응은 아닌가? 현실을 담아내는 행위를 통해서, 현실 너머를 지

향하는 열망을 담아낼 수는 없는가? 현실은 고정된 것이 아니며 가능성으로만 존재하는 미래를 향해 이 순간에도 끊임없이 나아가고 있다. 바로 이런 현실의 모순적인 측면을 어떻게 포착할 것인가? 나는 『목로주점』에서 그 답을 얻지 못했다. 아마도 이것은 내 안에서 언제나 계속될 질문이며, 영원히 해결되지 못한 채로 남아 있을 것이다.

0
2

무엇을 쓸 것인가

우리가 속한 지금의 이 세계, 따라서 문학이 가만히 들여다봐야 하는 세계.
여기는 대체 어떤 세계이며, 우리는 어떻게 살아야 하는가,
무엇을 해야 하는가, 다시 말해,
무엇을 써야 하는가?

빛/어둠

처음 내 글쓰기를 지탱한 것은 살아남아야 한다는 강박이었다. 소리 내어 말하지 않으면 내게 관심 두지 않는 세계에 압사당하여 존재 자체가 지워질 것 같은 공포였다. 듣지 않는다면 상대의 목을 졸라서라도 내 이야기를 듣게 하고 싶었다. 잊히고 싶지 않았다. 사라지고 싶지 않았다. 공포가 전부였다. 삭제되고, 질식되는 느낌. 사람들은 그것을 절실함이라 불렀다.

가라앉고 있는 배에서 짐을 내던지는 것처럼 죄다 집어던지고 보니 쓰는 것밖에 남지 않았다.

처음에는 모든 것이 단순했다. 살아남는 것이 전부였다. 오직 나, 그리고 글쓰기가 존재했다. 그것이 유일했고 전부였다. 글쓰기는 내가 존재한다는 증거였다. 아직은 내가 사라지지 않았다는 유일한 증거였다. 왜냐하면 나는 쓰는 것 말고는 아무것도 하지 않았기 때문이다. 사실 나에게는 삶이랄 게 없었다. 쓰는 것을 제외한 나머지를 삶이라고 한다면 나는 삶을 0만큼 가지고 있었다. 자꾸만, 내가 세상에서 사라져가는 게 느껴졌다. 눈을 감았다 떠도 여전히 내가 존재할 거라는 확신이 없었다. 나는 약간씩 지워져가는 중이었고 줄어드는 중이었다. 쓰는 것 말고 그것을 막을 다른 방법을 몰랐다.

하지만 시간이 흐르고 상황은 복잡해지기 시작했다. 어느 순간부터 단순하게 한 문장으로 대답할 수 없었다. 나는 왜 쓰는가? 절실함, 그것이 전부일 수 없었다. 한 인간이 평생 그것만으로 살아갈 수는 없다. 물론 글은 여전히 중요했다. 그건 나에게 많은 것을 주었다. 어쩌면 나에게 무언가를 준 최초의 것이다. 하지만 나는 계속해서 내 전부를 다해 글쓰기를 사랑할 수 없었다. 왜냐하면 고통스러웠기 때문이다. 나는 언제나 고통의 밑바닥에서 썼고, 쓰는 것으로 고통에 대항했다. 그래서 점점 더 나의 글은 고통 속에서만이 빛나게 되었고 동시에 나는 점점 더 고통 속으로 침몰해들어가는 습관을 가지게 되었다. 고통을 즐기기 위해 혹은 고통에 중독된 채 쓰고 있는 것은 아닌가 의심이 들기 시작했다. 물론 나는 고통을 존중했지만 사랑하고 싶지는 않았다. 고통은 고통일 뿐이다. 나는 고통이 인간을 성장시키거나 위대한 예술을 낳는다는 식의 말을 믿지 않는다. 하지만 고통은 자신의 중요성을 주장하며, 번번이 나를 어둠속으로 밀어넣었다가 다시 희미한 빛 속으로 끄집어내며, 마치, 나를 장난감처럼 가지고 노는 듯했고, 그렇게 고통에 의해 농락당하는 동안 내가 할 수 있는 일은 쓰는 것뿐이었다.

—

　최근 심한 두통에 시달렸다. 두통은 몇주간 계속되었다. 어떤 형용사로도 수식할 수 없는 말 그대로 순수한 고통이었다. 너무나도 명확해서 손을 뻗으면 만질 수 있을 것만 같은 느낌이었다. 일초의 휴식도 없이 매 순간 내 머리는 깨어지고 찢어지는 동시에 부풀어오르는 듯했다. 고통 속에서 시간은 느리게 흘러갔고 그 고통을 느끼는 것 말고 할 수 있는 게 없었다. 그러나 나는 써야 했다. 고통이 자신을 기록할 것을 요구했기 때문이다. 나는 한 손으로 머리카락을 쥐어뜯으며 나머지 손으로 태어나서 가장 느린 속도로 키보드를 두드렸다. 울고 싶었다. 하지만 고통은 쓰라고 명령했다. 나는 묘사했다. 그것이 얼마나 넓고 얼마나 깊은지, 얼마나 뜨거우며 얼마나 차가운지. 나는 울고 싶은데 신은 내게 쓰라고 명령한다.* 그리고 신은 고통이었다. 나는 니진스키와 같은 문장을 적어내려가는 중이었다. 두통은 멈추지 않았고 시간은 얼마든지 있었다. 밤의 어둠속에서 나

---

* 바슬라프 니진스키 『니진스키 영혼의 절규』, 푸른숲 2002.

는 내일에 대한 기대를 포기했다. 겁에 질려 잠들 수가 없었고 그러는 사이에도 고통은 매 순간 자신에게 복종하기를 원했다. 매 순간 자신을 기억하기를 자신을 느끼며 깨어 있기를 자신을 똑바로 바라보기를 그리고 기록하기를 원했다.

나는 두려움 속에서 진지하게 죽음에 대해 생각하기 시작했다. 진통제들이 탁자 위에 쌓여 있었고 나는 자주 많이 아무렇게나 그것들을 삼켰다. 자주 아파서가 아니라 허무해서 울었고 그보다 자주 웃기 시작했고 마침내 어느 순간 이 고통은 영원히 중단되지 않을 것이며 따라서 죽는 날까지 이 고통에서 벗어날 수 없을 거라는 결론에 도달했을 때 기뻤다. 갑자기 음악 소리가 들려오기 시작했다. 그것은 내 머릿속에서 들려오는 소리였다. 나는 침대에 누워, 웃기 시작했다. 나는 내가 일종의 착란 상태에 있다는 것을 깨달았다. 계속해서 웃으며 나는 침대 맡에 놓여 있던 올더스 헉슬리의 에세이*를 집어들고 읽기 시작했다. 헉슬리는 환각 상태에서 열린 인식의 문을 묘사하고 있었다. 그는 금빛 선과 살아 움직이는 색깔들 그리고 고흐의 의자에 대해서 말했다. 음악은 계속되었고, 나는 정말이지 기분이 좋았다. 갑자기 어둠속, 딱딱한 벽에서 수많은 문이 솟아나더니 나를 향해 일제히 일제히 열렸다. 나는 놀랐다. 그 문들은 언제나

---

* Aldous Huxley, *The Doors of Perception and Heaven and Hell*, Harper Perennial 2004.

무엇을 쓸 것인가

그곳에 있었음이 분명했다. 그런데 왜, 지금까지 보지 못했지? 나는 책을 내려놓고 쓰기 시작했다. 그 문에 대해서, 영원한 두통과 올더스 헉슬리가 본 것들에 대해서 말이다. 나는 진심으로 내가 미쳐가고 있다고 생각했다. 그래서 최후의 정상적인 상태에서 작별 편지를 써야 한다고 생각했던 것이다. 나는 머리에 떠오르는 모든 것들을 미친 듯이 쏟아냈다. 그런데 그러는 사이 뭔가 변했다. 단어를 연결하고 배열하는 동안 광기가 천천히 가라앉기 시작한 것이다. 나는 깨달았다. 글을 쓴 것이 실수였다. 광기는 언어로 이루어진 것이 아니었다. 정신을 차리자 나는 형광등 불빛 아래 조용한 방에 앉아 있었다. 음악이 사라진 방은 권태로운 회색이었다.

나는 깨달았다. 글이 또 한번 나를 구해주었다. 글은 내가 견딜 수 있게 해주고 광기로 가지 않게 해주고 포기하지 않게 해주고 마지막 순간에도 놓지 않는 단 한가지이며 절대로 거절할 수 없는, 그렇다, 나는 내가 절대 그것을 거절할 수 없음을 알고 있었다. 그러니까 그 순간 내가 버려야 했던 것은 언어, 언어였다.

—

물론 나를 글쓰기로 향하게 한 것이 오직 고통뿐은 아니었다. 반대로 빛으로만 가득 찬, 너무 깜깜해서가 아니라 너무 밝아서, 눈이 부셔서 아무것도 볼 수 없는 그런 숨 막히는 순간들이 있었다. 언젠가의 일이다. 갑자기 문이 열리더니 눈부신 빛이 쏟아져들어오기 시작했다. 그것은 부드럽게 지상으로 내려앉은 음악이었고, 물과 하늘이 구분되지 않는 흰 안개의 해변이었으며, 비로 적셔지고 햇살로 데워진 미지근한 옥상, 숨어 있는 호수였고 그 호수 위로 떨어지는 햇살과 한낮의 졸음이었다. 그것은 아름다움이자 선한 의지이자 지금 이 순간의 끝없는 반복이었다. 그런 세계가 언제나 주위에 존재해왔고 언제까지나 존재할 거라는 사실에 나는 현기증을 느꼈다. 어둠에 익숙한 나는 눈이 부셔 눈을 뜨지 못했지만 팔에 닿던 그 따뜻한 햇살의 감각을 부정할 수는 없었다. 그것은 일종의 종교적 계시에 가까웠으므로 내가 그것을 교회에서 만났다면 아마도 나는 신을 경배했을 것이다. 무릎을 꿇고 회개했을 것이다. 하지만 그건 기독교의 신이 아니었다.

나는 다시 한번 기록해야 한다고 느꼈다. 하지만 내가 가진 건 딱딱하고 차가운 단어들뿐이었다. 나는 빛에 대해 아는 것이 하나도 없었고 단지 압도된 상태로 끝없이 빛, 한 단어를 반복할 수 있을 뿐이었다. 아니 나는 기록하고 싶지 않았다. 기록은 중요하지 않았다. 그것을 나누고 싶었다. 하지만 어떻게? 나는 그것을 너와 나누고 싶지만 너는 나와 나누고 싶지 않을 수도 있다. 다른 것을 다른 사람과 하고 싶을 수도 있다. 하지만, 왜, 대체 왜 우리는 함께할 수 없는 것일까? 가공되지 않은 날것의 감정과 그것이 통하던 경이로운 순간들, 모두가 같은 것을 느끼고 같은 것을 외치는 것은 왜 불가능한가. 왜, 자꾸만 다른 많은 복잡한 것이 생겨나고 필요해지나. 왜 모두가 같은 감정 속에서 움직일 수 없을까. 왜. 아무런 약속도 없이 모든 것은 가능할 수 없을까. 왜. 가장 밝은 빛은 가장 어두운 그림자를 만들어내고 또 그 반대라는 것을 나는 이해할 수 없었다. 나는 물론 (혼자) 그것을 기록할 수 있겠지만, 묘사할 수 있겠지만, 그런 방법을 찾을 수 있겠지만 그런 생각을 하면 할수록 어쩐지 나는 점점 더 흰 종이 속에 고립되어가는 것만 같았다. 왜냐하면 그건 언어로 설명될 수 없는 바로 그것⋯⋯이기 때문이다. 바로 그것⋯⋯ 그 순간⋯⋯ 보고 느끼고 심지어 만질 수도 있지만 누구도 말로 할 수 없는,

그런 식으로 도달하게 되는 곳은 사이비, 유사종교와 신비주의의 영역이다. 나는 한동안 그 언저리를 헤매고 다녔다.

—

나는 쓴다. 쓰고 또 쓴다. 확실한 것은 오직, 쓴다는 것이다. 그것에 대해 생각한다. 이것은 일종의 중독이다. 이것은 일종의 재능이다. 아니 이것은 일종의 노력이다. 글이란 무엇이냐 문장이란 무엇이냐 단어란 무엇이냐 수많은 질문이 머릿속을 헤엄친다. 고통스럽다. 하지만 너무 멀리 왔고 그래서 돌아갈 수가 없다. 나는 안다. 쓰지 않는 나는 아무것도 아니다. 하지만 쓰는 나는 다르다. 쓰는 나는

가장 높이 올라가며 동시에 가장 바닥까지 더듬는다. 쓰는 나는 세계를 똑바로 응시하며 응시 너머의 허무에 사로잡히지 않는다. 쓰는 나는 세계를 바라보며 동시에 새로운 세계를 만들어낸다.

쓴다는 것은 기록한다는 것이고 기록한다는 것은 잊지 않겠다는 뜻이다. 잊지 않겠다. 망각되지 않겠다. 온 힘을 다해 시간에 저항한다. 쓴다. 시간 속에서 멀어지는 모든 것들, 사라지는 목소리들, 부서지는 모든 것의 잠을 깨우기 위해, 나는 쓴다. 깨어나, 그 과거 모두 현재가 되기를 기원하며 나는 쓴다. 그것이 내가 글에 원하는 것이고 글이 나에게 원하는 것이다. 우리는 서로를 잘 안다. 내가 바라는 것은 잘 쓰인 글이 아니다. 완성도가 아니다. 내가 원하는 것은 새로움이 아니며 나는 내 글이 문학이건 아니건 신경 쓰지 않는다. 내가 진정 원하는 것은, 언어를 최소단위부터 학대하는 것이다. 언어라는 가장 추상적인 차원의 존재가 물리적으로 으깨어지는 모습을 목격하는 것이다. 관절을 꺾고, 연골을 뜯어내듯, 나는 피를 보고 싶다. 그러고 나서 가득 쌓인 뼈의 뒤편에 어른거리는 그림자를 보고 싶다. 내가 원하는 것은, 그 그림자를 기록하는 것이다.

더 좋은 글, 더 나은 스토리, 더 아름다운 문장과 단어, 그런 것은 중요하지 않다. 그 단어는 천박하다, 그 문장은 의미가 없다, 그 인물은 리얼리티가 부족하며, 그 문단을 없애버리고…… 그 결말은 시시하고 그 시작은 지루하다. 불필요한 모든 것을 맷돌에 갈아 없애버려라…… 모두가 그런 식으로 망쳐졌다. 그런 식의 기술적 개선은 글을 곱게 갈아 형체를 알아볼 수 없게 만들어 모두를 뭐가 뭔지 모르는 혼란 속으로 쑤셔넣을 뿐이다. 글은 해체되는 대신에 합쳐져야 한다. 부서지는 대신 덩어리로서 부풀어올라야 한다. 하여 나는 글쓰기의 새로운 측면을 받아들인다. 그것은 고통과 정확히 반대의 지점이다. 어제의 그것이 어둠이라면 오늘의 그것은 빛이다. 나는 그 둘을 섞어 어정쩡한 회색을 만들지 않는다. 나는 그 둘을 교차시킨다. 왜냐하면 세계라는 시각적 환영은 빛과 어둠의 무한대적 교차로 이루어져 있기 때문이다.

눈을 감았다 뜨면 빛과 어둠으로 이루어진 세계가 내 앞에 있다. 나는 언어라는 내게 가장 익숙한 도구를 가지고 빛과 어둠, 허무주의와 신비주의 그 어느 쪽으로도 가라앉지 않은 채 세계를 탐색하기 시작한다.

가장 밝은 빛은 어둠속에 있고 그 반대도 마찬가지다.

하루끼와 나

나는 왜 죽은 소설의 시체 더미를 파헤치는가

사람들이 작가에게 갖는 선입견과 달리 나는 책을 애호하지 않는다. 실제로 책을 사는 것보다 필요 없게 된 책을 버리는 것을 더 좋아한다. 긴 여행을 떠날 때에도 책은 많아야 한두권을 챙겨넣는다. 해외여행을 떠날 때 일부러 한국어로 된 책을 가져가는 일도 없다. 세상엔 읽을 게 넘쳐나고 한국어가 그립다면 인터넷에 접속하면 되니까. 내가 책에 대해 이런 건방진 태도를 갖게 된 것은 사실 그저 시대적인 이유 때문이다. 나는 책을 읽는 것이 더이상 어떤 의미를 갖지 않는 시대, 문제집과 자기계발 서적이 서점을 가득 메운, 책과 스타벅스 커피가 똑같이 페이스북 쎌카용 전시물이 된 현실을 살아가고 있다. 이 시대 책은 신경안정제, 할리우드 영화, 인터넷 야동, 스마트폰 게임과 경쟁한다. 독자의 수가 날로 줄어가는 것은 당연한 일이다.

물론 책을 애호하지 않는다고 해서 책을 멀리하는 것은 아니다. 오히려 어린 시절 독서광에 가까웠다. 하지만 그저 시간을 때울 수단이 필요했을 뿐이다. 읽을 수 있는 거라면 뭐든 상관없었다. 두껍고, 글자가 많을수록 좋았다. 그게 소설이든 인터뷰집이든, 로빈 쿡이든 셰익스피어든 상관없었다. 그러던 내가 소설을 진지하게 생각하기 시작한 것은 중학교 때 무라까미 하루끼의 소설을 접하면서부터였다. 그건 정말로 아이러니한 일이 아닐 수 없다. 문학담론에 있어, 무라까미 하루끼는 근대문학의 종언을 보여주는 대표적인 징후로 언급되기 때문이다. 하지만 나는 그를 통해서 되감기 버튼을 누르듯이 종언 이전으로 거슬러올라가기 시작했다. 그 여정은 챈들러와 카버를 거쳐 까뮈, 도스또옙스끼, 발자끄를 지나 세르반떼스까지 이르는 긴 여정이 되었고 결국 나는 소설을 쓰게 되었다.

—

　내가 무라까미 하루끼를 통해서 소설의 세계를 알게 되었다는 것은 소설을 쓰기 시작했을 때 나에게 들러붙어 있는 하루끼적 세계관과 스타일을 지워내기 위해 많은 노력을 기울여야 했음을 의미한다. 난 그의 소설이 가지고 있는 세련됨, 잘 다듬어진 문장, 미국식 유머, 허무주의, 호황기 일본의 화려한 풍경 따위를 사랑했다. 나도 그런 걸 써보고 싶었다. 하지만 동시에 내가 거부해야 할 것이 바로 그런 거라는 생각이 들었다. 그의 이야기는 나의 시대, 나의 장소에 맞지 않는다. 확실히 내 눈에 비친 세계는 그가 처음 소설을 쓰기 시작하던 때와 아주 많이 달랐다. 아주 잠깐 해결되었다고 생각했던, 역사와 함께 사라졌다고 생각되었던 구식의 문제들—전쟁과 가난, 근본주의 종교와 테러리즘, 인종주의 따위가 점점 더 우리의 삶을 파고들고 있었다. 그가 했던 것과 같은 방식으로 세계를 묘사할 수는 없다. 그러기에 나에겐 모든 게 너무 절박했다. 세계가 바로 내 눈앞에서 침몰하고 있었으므로.

또 한편, 내가 소설을 읽고 쓰기 시작한 근원에 하루끼가 있다는 것은 내가 그 이전의 문학의 풍경이 어땠는지를 모른다는 뜻이기도 하다. 그건 내가 문학이 살아 있던 시기를 목격한 적이 없다는 뜻이 된다. 나에게 문학이란 언제 철거될지 모르는 낡은 동상 혹은 시체 안치소 한구석 아무도 찾아가지 않는 신원미상의 시체였다. 그런데 일본의 평론가 카라따니 코오진에 따르면 과거 문학은 세계 전체에 대한 문제의식을 떠맡음으로써 한갓 소설나부랭이에서 그 이상의 것으로 도약을 이루었다고 한다. 그때 사람들은 문학을 통해 현실에 직접적인 변화를 이루어낼 수 있다고 믿었다는 것이다. 하지만 그런 시대는 지나갔다. 어쩌면 그래서 나를 포함한 사람들이 소설을 잘 읽지 않는 것이다. 국내외를 막론하고 요즘 쓰이는 소설들에서 느껴지는 것은 일종의 '하찮음'이다. 모든 게 너무 하찮다. 이 '하찮음'이란 소설의 객관적 완성도나 나의 개인적 취향과는 상관이 없다. 그것은 특정한 종류의 야망이 부재한다는 뜻이다. 거기엔 세계에 대한 총체적 관심이나 변화에 대한 의지가 결여되어 있다. 그저 내용과 스타일 모두에서 과거의 것을 답습하고만 있다. 한마디로 요즘 우리의 삶을 전혀 담고 있지 않다. 그래서 나는 소설을 읽는 대신 차라리 딱딱한 학술서들을 집어들게 된다. 왜냐하면 거기엔 소설의 세계에선 이제 더이상 찾아볼 수 없는 야망이 아직 잔존하기 때문이다. 여전히 어떤 사람들은 지금의 세계에 절망하고, 더 나은 세계를 그리고자 한다. 그런 글들이 갖는 절박한 의지, 현실과 가능성 사이에서 한발씩 전진하기 위해 애쓰는 투쟁의 장면은 요즘 쓰이는 웬만한 소설보다 더 문학적인 아우라를 갖는다. 확실히, 요즘 소설은 지고 있다.

문제는 내가 소설가라는 것이다. 내가 비난하는 세계에 나 또한 이미 깊숙이 속해 있다. 그리고 이런 모순이 나를 냉소로 이끈다. 모든 것은 불가능한 것 같다. 특히 소설로 할 수 있는 것은 아무것도 없다는 생각이 든다. 세상을 바꾸는 건 소설이 아니라 화가 난 시위대다. 그건 맞다. 아무리 생각해도, 문학은 죽은 게 분명하다. 하지만 난, 여전히 불가능한 것들을 원하고 있다.

—

만약 소설에 힘이 있다면, 아니 힘을 가진 적이 있다면 그것은 어떤 식으로 가능했을까. 소설은 기본적으로 지어낸 이야기다. 소설이 가진 현실적 힘은 아이러니하게도 바로 거기에서 나온다. 그게 가짜라는 사실에서. 그냥 가짜가 아니라 아주 진짜 같은 가짜라는 점에서 말이다. 그것을 우리는 상상력이라고 부른다. 상상력이라는 마약에 취해 천사의 환각을 보는 것과도 다르고 광인이 자기만의 세계 속에서 키워나가는 자폐적인 망상도 아니다. 상상력은 현실이 아니지만 이해 가능하며, 가짜지만 설득 가능한 꿈이다. 한마디로 상상력이란 사회적인 것이다. 한 무리의 사람들이 비슷한 것을 꿈꿀 때, 그것은 현실화될 수 있다. 존재하지 않는 것이 실제적 힘을 갖게 되는 것이다. 소설이 힘을 가졌던 시기, 소설은 그런 식으로 사람들을 믿게 만들었다. 같은 것을 상상하게 했다. 그렇게 문학은 사회적인 의미를 부여받았다. 하지만 더이상 아니다. 더이상 소설은 보편적 상상력이라는 과도한 책임을 떠맡으려 하지 않는다. 여기서 소설이라는 말을 예술로 바꾸어도 상황은 마찬가지다. 언젠가부터 예술은 보편성을 포기했다. 그렇게 자유를 얻은 뒤 거침없이 하찮아졌다. 더이상 예술은 그래서 우린 대체 어디로 가야 하는가, 이 길의 끝엔 뭐가 있나, 다른 세상이란 가능한 것인가, 아니 지금 존재하는 이 세상은 도대체 어떤 세상인가, 따위 구식 질문을 던지지 않는다. 그런 문제들은 비슷하게 시대착오 취급을 받는 극우 민족주의나 근본주의 종교들이 떠맡은 지 오래다. 대신 이제 예술은 짜릿한 유사 환각 체험이나, 자기치유, 기발한 재미, 소시민적 여유 따위를 추구한다.

자기들만의 소박한 세계에서 작은 파티를 열고 있는 것이다.

하지만 예술이 자유롭게 뭘 하건, 소설가가 뭘 쓰건, 여전히 이 세계는 자유롭지도 세련되지도 않으며, 매일같이 시대착오적인 문제로 수많은 사람이 희생되고 있다. 그리고 난 거기서 눈을 돌리고 싶지 않다. 그것을 쳐다보고 싶고, 기록하고 싶고, 변화시키고 싶다. 가능하다면 소설을 통해서 말이다. 그렇다면 어떻게 하면 될까? 훌륭한 소설을 쓰겠습니다,라고 말한 뒤 책상에 앉아 쓰면 되는 건가? 아무리 생각해도 그게 아니라는 생각이 든다. 나 혼자 의지를 다진다고 해서 모든 게 가능해지는 게 아니라는 생각이 든다. 단순하게 내 의지에 모든 걸 걸기에 세상에 널린 문제들은 하나하나 복잡하고 난해하기 짝이 없다. 어쩌면 나는 겁이 나는지도 모른다. 내가 틀린 대답을 할까봐, 혹은 바보 같은 짓을 벌인 다음 웃음거리가 될까봐, 혹은 이 모든 게 아무 쓸 데도 없는 것에 불과할까봐서. 그래서 솔직히 어떻게 해야 할지 모르겠다. 그런데 문득 그런 생각이 들었다. 난 아직도 너무 젊고, 모든 걸 대답 내리기엔 제대로 시도해본 것이 아무것도 없다는 사실이다. 그러니까, 억울하다. 답을 찾는 것도 선택을 하는 것도 결론을 내는 것도, 아직은 말이다. 그래서 지금으로서 내가 할 수 있는 말은 이것뿐이다. 모르겠다.

하지만 그렇기 때문에 더욱더 직접 확인해보고 싶다. 다른 사람들이 떠드는 이런저런 말들은 모두 무시한 채로, 그냥, 나 스스로 느끼고, 생각하고, 내 의지로 판단하고 싶다. 정말 희망이 없는 건지 말이다. 그때까지는 결론을 유보하고 싶다. 비겁하다고 해도 어쩔 수 없다.

—

어딘가 쓴 적도 있는데, 최근까지만 해도 나는 오직 나를 위해서 썼다. 절망 속에 있는 나를 위로하기 위해, 견디기 위해, 오직 나를 구원하기 위해, 치유하기 위해서 말이다. 사방이 너무 깜깜했고, 그래서 타인을 발견할 수 없었다. 하지만 어찌되었든 시간은 흐르고, 많은 게 달라졌다. 아니 달라지고 있다. 아니 그러기를 바라는 마음으로 끊임없이 새로운 것들을 발견하고 배워나가고 전에 있던 것들을 다른 눈으로 바라보려고 노력한다. 그러는 가운데 최근 나는 중요한 것 한가지를 깨달았다. 나를 소설 쓰기로 이끈 절망은 지금 세계가 직면한 문제들이 해결되지 않는 한 해소될 수 없다는 걸 말이다. 내 절망은 고립된 것이 아니었다는 얘기다. 반대로 내가 절망을 느낀다는 것 자체가 내가 세계와 깊이 연결되어 있다는 증거였다. 그런데 오랫동안 난 그걸 알아채지 못했다. 나뿐만이 아니었다. 문득 돌아보자 너무 많은 사람이 같은 절망 속에 고립되어 있었다.

물론 나는 여전히 뭘 어떻게 해야 할지 모르겠다. 세계를 가득 채운 진부한 문제들을 어떤 식으로 진부하지 않게 그려낼 수 있을지, 거기 어떤 아름다움과 상상의 여지가 있을지 전혀 모르겠다. 우리에게 가능한 미래가 무엇일지, 그것과 소설 쓰기가 무슨 상관인지, 아니 내가 계속해서 소설이란 걸 써나갈지도 모르겠다.

사실 난 한번도 상상을 시도해본 적이 없다. 단지 절망 앞에서 화를 냈을 뿐, 거기에 제대로 맞설 의지를 가져본 적이 없다. 하지만 이젠 절망의 반복을 중단할 때가 되었다는 생각이 든다. 길을 걸을 때마다, 사람들을 만날 때마다, 사물을 바라볼 때마다, 매 순간, 망설이는 걸 그만두라고, 이제 움직일 때가 왔다고 속삭인다. 그렇다. 더 늦기 전에 움직여야 한다. 변화를 기다리는 게 아니라 만들어내야 한다. 설득 가능한 비전을 만들어내야 한다. 나는 그 '비전'을 가능하다면 소설을 통해서 만들어내고 싶다. 왜냐하면 난 아직 상상력의 힘을 믿기 때문이다. 세상을 변화시키는 건 더 큰 폭력이나 절망이 아닌 다른 이미지를 꿈꿀 수 있는 힘에서 온다고 믿기 때문이다. 그러니까 소설에, 난 한번 더 기대보고 싶다. 그렇게 해서 나온 결과는 물론 과거의 소설들과는 다를 것이다. 아니 전혀 소설이 아니게 될지도 모른다. 상상해내야 한다. 가능한 미래를 발견해내야 한다.

우리는 "어떻게 이 일상의 현실을 벗어날 수 있는가?"라고 묻지 말고 차라리 "이 일상의 현실이 과연 그토록 확고하게 실존하는가?"라고 물어야 한다. 비슷한 맥락에서 "어떻게 본체적 타자-사물에 조응했음을 확신할 수 있는가?"라고 물어서는 안되고 차라리 "이 타자-사물은 우리에게 명령을 퍼부으며 진정 저 바깥에 서 있는가?"라고 물어야 한다. '순진한' 사람은 우리가 일상의 현실을 벗어날 수 있다고 생각하는 사람이 아니다. 일상의 현실을 이미 주어진 것으로, 존재론적으로 완벽한 자족적 전체로 여기는 사람이야말로 '순진한' 사람이다. **슬라보예 지젝 「전체주의가 어쨌다구?」, 새물결 2008.**

21세기의 한국문학

　　　　　　　　　　　　19세기 괴테는 세계문
학이라는 말을 처음 사용했다. 그리고 두세기가 지난 지금, 셀 수 없
이 많은 언어로, 셀 수 없이 많은 책이 쏟아져나오고 있다. 또한 서로
다른 배경과 언어를 가진 전세계의 문학가들이 철마다 이런저런 도
시에 모여들어 문학에 대해 이런저런 토론을 벌이는 풍경 또한 더이
상 낯설지 않다. 그렇다면 이 시대 괴테가 말한 세계문학은 실현이
되었는가? 그렇다, 실현되었다. 물론 괴테가 말한 의미와는 좀 거리
가 멀지만 말이다. 대도시의 아무 공항 서점에 가보라. 그 나라의 언
어로 번역된 무라까미 하루끼와 파울로 코엘료, 알랭 드 보통의 책
을 어렵지 않게 발견할 수 있다. 서울에서 온 당신은 텔아비브에서
온 옆자리 여자와 동시에 밀란 쿤데라의 신작을 읽고 있다. 베이징
에서 온 당신은 하와이에서 온 남자와 어렵지 않게 무라까미 하루끼
의 『노르웨이의 숲』의 결말에 대한 감상을 공유한다. 당신과 그 남

자의 여권 색깔은 달라도, 당신과 그 남자는 같은 책을 읽고 같은 것을 느낀다. 단지 미국과 일본, 유럽의 문학들만 환영받는 것은 아니다. 인도와 이집트, 칠레, 심지어 한국에서 온 소설들이 아프가니스탄의 전통음식이나 프랑스 남부의 가정식처럼 호기심 어린 환영을 받는다. 세계 각국에서 수입된 책들이 백화점 푸드코트에 늘어선 파스타, 만두, 햄버거 코너처럼 서점에 늘어선 채로 교양 있는 소비자들의 선택을 기다린다. 그렇다, 문학은 세계화되었다. 아이폰이나 스타벅스 커피, 혹은 김치처럼 말이다.

이렇게 세계화한 문학상품 가운데 우리의 눈길을 끄는 것은 단연 무라까미 하루끼다. 그것이 아시아산이라는 점에서, 영어가 아닌 언어로 된, 지극히 일본적인 주인공들의 이야기를 통해 전세계의 독자들을 사로잡았다는 점에서 그것은 한국의 출판계 사람들에게 복사 가능한 가능성으로 여겨진다. 이런 상황에서 한국 내에서의 그의 소설이 가진 가치에 대한 고찰은 그의 성공에 대한 부러움과 질투의 감정과 섞여 뒤죽박죽이 되고 말았다. 그의 소설은 많이 팔려서 훌륭한 것인가? 훌륭하기 때문에 많이 팔리는 것인가? 잘 모르겠지만 적어도 확실하게 말할 수 있는 것은 그의 소설이 전세계 대형 서점의 가장 좋은 자리를 차지하고 있다는 사실이다. 그것은 한때 소니가 갔던 길이며 삼성이 죽을힘을 다해 쫓은 길이다. 문학의 이름으로 같은 일을 반복하는 것이 뭐가 문제인가? 성공에 대한 열망 속에서 한국문학계는 그동안 하루끼에 대해서 가지고 있었던 애매모호한 평가를 석연찮게 수습하며 마치 투항하듯 그의 성과에 찬사를 날리고 있다. 괴테의 '세계'가 아닌 소니와 삼성의 '세계'가, 오직 그것만이 현실화 가능한 시나리오인 양 말해지고 있다. 그러니까 요즘 한국문학계의 목표는 문학을 통한 한류를 일으키는 것으로, 다시 말해 한국문학이라는 문화상품을 한식문화와 함께 전세계에 쎄일즈하는 것으로 조정된 듯 보인다. 아무러면 어떤가, 싸이와 소녀시대가 간 그 멋진 길을 이제 한국문학도 걸어갈 때가 되지 않았는가.

　이런 한국의 문학/출판계의 변화는 일개 소설가인 나도 피부로 느낄 수 있는 것이 되었다. 이제 소설가는 자기만의 방에서 고독하게 키보드를 두드리기만 해서는 안된다. 소설가는 출판사가 만든 마케팅의 장에 능동적으로 참여해야 한다. 낭독회에 나가 책을 읽어야 하고, 가끔은 기타를 치며 노래를 불러야 하며, 종종 문학이나 창조성 따위의 주제로 강연을 벌여야 한다. TV쇼에 나가 코미디언과 농담을 주고받아야 하고 팬과 함께 등산을 하기도 한다. 전세계 주요 도시를 돌며 메이저 문학계/학계에 얼굴을 비춰야 한다. 그러니 영어에 유창하다면 더할 나위 없이 좋다. 독자에게 더 가깝게 다가가기 위해서 트위터와 페이스북을 해야 하고, 인터뷰는 많이 할수록 좋다. 가능하다면 친분 있는 음악가나 미술가와 함께 컬래버레이션 작업에 나서는 것도 좋다. 인터넷 쇼핑몰부터 일간지, 유명 문학출판사의 웹진을 가리지 않고 소설을 연재해야 한다. 이 모든 것이 소설가 본인의 상업적 가치를 키우는 데 도움을 준다. 물론 이건 새로운 일이 아니다. 찰스 디킨스는 소설만큼 재미있는 낭독회로 유명했다. 발자끄는 공장처럼 소설을 찍어냈다. 하루끼는 위스키 '커티삭'의 광고를 위한 카피를 썼다. 그렇다면, 앱솔루트 보드카를 위해서 쓰지 못할 것은 무엇인가? 트위터를 하듯이 소설을 찍어내는 것이 뭐 어떤가? 그 모든 것이 당신의 훌륭한 소설을 세계화하는 데 도움을 줄 것이다. 마크 주커버그가 페이스북을 하버드 대학교에서만 사용했다면, 스티브 잡스가 아이폰을 미국에서만 팔았다면 어떻게 되었겠는가? 당신의 소설은 더욱더 세계화될 필요가 있다. 아니 처음부터 세계화를 염두에 두고 써야 한다. 그렇다면 처음부터 아예 영어로 쓰는 것이 낫지 않겠는가?

그런데 만약 한국에서도 세계적으로 성공한 작가들이 나타나게 된다면, 그 성공한 작가들이 카프카 문학상을 타고, 맨해튼에 작업실을 갖는 등 세련되고 성공적인 삶을 살게 된다면 한국문학에도 부흥기가 오게 될까? 몰려든 문학지망생들이 로또보다 낮은 성공률에 기대 슈퍼스타가 되기 위해 애를 쓸지도 모르겠다. 그렇다면 문학계는 출판산업의 논리와 성공을 원하는 지망생들의 열망이 맞아떨어져 진정한 자본주의적 정글로 거듭나게 될지도 모르겠다. 물론 그것은 과장된 상상이다. 하지만 결코 그런 극단적인 일은 벌어지지 않는다고 해도, 이미 한국의 문학/출판계는 착실하게 정글을 향해 나아가고 있다. 업계는 효율과 이윤을 지상목표로 빠르게 재편되고 있는 데 반해, 그 안에 속한 많은 사람은 여전히 열정이 모든 것을 해결하리라 믿고 있다. 너무 많은 악습과 폐단이 손쉽게 열정이라는 이름으로 정당화된다. 물론 열정 자체에는 아무런 문제가 없다. 마치 노동 자체에는 아무런 문제도 없는 것처럼. 문제는 요즘의 자본주의는 이런 개인들의 내밀한 열정에 기대 굴러간다는 것이다. 물론 이런 일이 벌어지는 것은 문화예술계에서만이 아니다. 사회 전반적인 영역에서 이런 일이 벌어지고 있다. 자본은 개별 노동자들에게 생산의 전과정을 떠넘기고 유통만을 담당하는 방향으로, 다시 말해 유통을 독점하는 방향으로 진화하고 있다. 하지만 자본은 떠넘긴 생산 과정에 대한 댓가를 노동자에게 지불하지 않는다. 생산 과정에 들인 비용은 자발적 열정이라는 이름으로 정당화된다. 오직 결과물의 독점적 유통권에 대한 댓가만을 지불한다. 결과적으로 노동자는 생산 과정의 모든 비용을 감당해야 한다. 노동자는 스스로 노동자이자 그 노동자를 감시하는 감독이자 그 모든 생산의 과정이 이루어지는 공장이자 그 공장을 경영하는 공장주이자 공장에서 만들어진 상품을 판매하는 판매자이자 그것을 광고하는 마케터가 되어야 한다. 이 모든 과정을, 자발적 열정의, 내적착취의 구조를, 자기계발이라고 이름 붙일 수 있겠다. 자본은 노동자의 자기계발에 값을 지불하지 않는다. 그것은 말 그대로 자기 스스로에 의한 자발적인 계발이기 때문이다. 하지만 자기계발 없이 노동자는 자본이 요구하는 수준의 노동자가 될 수 없다. 한마디로 자기계발이란 공장의 전기와 같다. 그런데 그 전기를 만들어내는 발전소조차 노동자는 스스로 건설해야 하는 것이다……

물론 언제나처럼, 어느 분야에서든, 운 좋은 몇몇은 살아남고, 아니 전과 비교할 수 없이 막대한 부를, 눈부신 성공을 손에 넣게 될 것이다. 그것이 자본주의가 가진 치명적인 매력이다. 하지만 그것은 별처럼 많은 패배자의 희생을 통해 주어진 것이다. 불운하거나 재능 없는 패배자들은 조용히 이 냉혹한 결과를 받아들여야 할 것이다. 과연 이것이 우리가 원하는 것인가? 사람들이 말하는 문화라는 것은 결국 문화 영역의 정글화, 아름다운 '자본주의' 정글을 말하는 것이었나? 만약 그렇지 않다면, 이 상황을 바꿀 수 있는 방법은 무엇인가? 하나의 해결책은 자본이 비용을 지불하지 않는 이 영역에 제대로 값을 치르라고 요구하는 것이다. 열정을 마지막 1그램까지 저울에 올려놓고 무게를 재서 그에 합당한 돈을 지불하라고 주장하는 것이다. 한마디로 적극적으로 자신이 가진 모든 능력을 돈으로 환산해내는 것이다. 문화예술계로 특정하자면 창작의 전과정을 교환 가능한 자본주의의 관계망에 밀어넣는 것이다. 그렇게 하면 좀더 나은 대우를 받게 될 수도 있을 것이다. 백만원의 소득이 이백만원으로 늘어날 수도 있을 것이다. 하지만 씨스템 자체를 바꾸지 않는 한 내가 얻게 된 그 이득은 자본이 아니라 나보다 힘이 없는 자들이 고스란히 지불한 것이다. 그런 상황을 우리는 이미 충분히 보아왔다. 2008년 써브프라임 사태 때 한국의 몇몇 대기업은 힘있는 고위직의 임금을 보장하는 대신 신입 직원들의 임금을 삭감했다. 대형기업들은 위기가 올 때마다 살아남기 위해서 직원들을 대량 해고한다. 정규직은 스스로를 지키기 위해 비정규직이 양산되는 것에 눈을 감는다. 유명해진 영화감독은 과거 자신의 서러웠던 스태프 시절을 잊고 같은 식으로 힘없는 스태프들을 착취하여 영화를 만든다. 결국 살아남는 것은 언제나 힘있는 소수이며 그에 대한 댓가는 가장 힘없는 자들이 진다. 불평등한 사회구조 자체를 혁신하지 않는 한 나의 성과는 다른 누군가의 것을 착취한 결과가 되고 만다.

이 악순환을 멈추기 위한 근본적인 해법은 노동을, 그리고 예술을 자본에서 해방하는 것이다. 개인의 성취를 성과급에서, 개인의 열정을 잔업수당에서 빼내야 한다는 말이다. 사람들의 내밀한 창작 욕구를 1미터 단위로 잘라 팔지 않을 수 있게 해야 한다. 물론 이런 것들을 실현시키기 위해서는 약탈적 경쟁에 너무나도 익숙해진 사람들에게 그런 식의 경쟁 없이도 나은 삶은 가능하다는 것을 설득해낼 수 있어야 할 것이다. 자본의 채찍질 없이도 기술의 발전은 가능하며 아름다운 시는 쓰일 수 있고 만족스러운 삶을 살 수 있다는 믿음, 그런 믿음이 단지 믿음이 아니라 상식인 사회가 가능하다는 것을,

그리고 그것을 우리가 스스로 만들어낼 수 있다는 것을 설득해내야 한다. 그것은 고되고 지난한 작업일 것이다. 그런데 이 스케치에 불과한 비전을 어떻게 구체화할 수 있는가 하는 고민을 우리는 아직 시작하지도 않았다.

지금까지 내가 말한 것은 어쩌면 문학과는 별 상관이 없는 이야기인지도 모른다. 세계적으로 유통되는 상품이 되는 것, 멋진 라이프 스타일을 갖는 것이 문학과 별 상관이 없는 만큼이나. 하여 이것은 그저 지금 내가 살아가는 세계에 대한 이야기다. 우리가 속한 지금의 이 세계, 따라서 문학이 가만히 들여다봐야 하는 세계. 여기는 대체 어떤 세계이며, 우리는 어떻게 살아야 하는가. 무엇을 해야 하는가, 다시 말해, 무엇을 써야 하는가?

0 / 3

망함에 대하여

사람들이 자꾸만 망함을 미성숙한 태도로 다루고야 마는 이유는
다들 망해본 적 없는, 하지만 망할 일밖에 남지 않은
시대와 세대에 속해 있기 때문일지도 모른다.
하지만 그렇기 때문에 오히려 희망적이다.
왜냐하면 망하는 것은 시대이지 세계가 아니고,
세대이지 인류 전체가 아니기 때문이다.

이 세계의 무의식

　　　　　　　　　　　　　　　「술고래barfly」라는 영화를 본 적이 있다. 영화는 별 내용이 없다. 주인공은 시인인데 아무것도 안하고 종일 술을 마신다. 그와 함께 사는 여자도 마찬가지다. 찰스 부코스키가 각본을 썼다. 그는 로스앤젤레스 출신의 시인이자 소설가로 삶의 대부분을 로스앤젤레스 변두리에서 술에 취해 보냈다. 그의 글은 그런 그를 꼭 닮았다. 주인공들은 하나같이 종일 취해 있고 직업이 없고 경마장에서 딴 돈으로 여자를 꼬시고 집세를 못 내 쫓겨난다.

　단순히 주정뱅이의 지루한 술주정이 될 수도 있었을 그의 글을 그 이상으로 만든 건 그가 가진 신념이다. 그 신념은 술이다. 술을 마시는 것은 그가 세상에 대항하는 방식이다. 물론 참으로 시시한 방법이다. 그는 비트세대의 아이콘인 잭 케루악과 동년배다. 하지만 뭔가 멋진 것을 좇아 길을 떠난 케루악과 달리 그는 떠나기도 전에 길 위에는 아무것도 없다는 걸 알아버렸다. 그러니 남은 건 술에 취하는 일뿐이다. 그저 계속해서 취해 있다. 그런 그의 삶은 멋있지도 놀랍지도 아름답지도 않다. 그는 후미진 술집의 구석을 지키는 늙고 냄새 나는 건달처럼 보일 뿐이다. 아니 실제로 그렇다. 그리고 그런 삶을 걸친 그의 어깨 너머로, 그 늙고 냄새 나는 건달들의, 감춰진 로스앤젤레스의 뒷모습이 드러난다.

그의 글을 읽기 전까지 내게 로스앤젤레스는 매끈하지만 삭막한 할리우드의 도시였다. 그런데 그의 글을 읽고 나서는 더이상 아니었다. 그의 글에서 로스앤젤레스는 시시한 주정뱅이들의 도시로, 그곳에는 거대한 비극도, 스펙터클도 없었다. 단지 종일 내리쬐는 캘리포니아의 햇살이 있을 뿐이다. 그런 로스앤젤레스는 어쩐지 몹시 아름다워 보였다. 나는 매혹되었다. 그러자 궁금해졌다. 도대체 이 세계의 뭐가 그렇게도 매혹적인 거지?

난 그 세계를 읽는다. 보고, 또 쓸 수도 있다. 하지만 현실의 나는 거기에서 멀리 떨어져 있다. 나는 부코스키의 인물들이 위험하다고 느낀다. 가까이 다가가면 안된다고 배웠다. 그러니 훔쳐보듯 그들을 관찰할 뿐이다. 그러다보면 그들이 친근하게 느껴지기도, 어쩌면 그게 내가 원하는 삶이 아닐까 하는 생각이 들기도 한다. 거기 내가 여지껏 찾지 못한 바로 그것이 있을 것같이 느껴진다. 그게 뭔지는 모르지만, 그 느리게 무너져내리는 삶에서 뭔가를 찾을 수 있을 것 같다는 생각이 든다. 물론 현실은 다르다. 현실의 내게 그건 피해야 할 세계다. 슬럼가 한복판으로 걸어들어갈 수는 없다. 그들은 나에게 약이 든 술을 먹이고 강간을 할지도 모른다. 그러니 그 세계는 계속해서 나의 손에 잡히지 않는 곳에 있다. 달리는 차창 너머로 존재하는, 오직 길을 잃어야만 도착할 수 있는 그런 곳. 누구도 그런 곳을 원하지 않는다. 일자리를 잃은 가난한 실직자나 운 나쁘게 길을 잃은 여행자를 제외하면 아무도 그런 곳을 찾지 않는다. 그건 보이지 않는, 모두에게서 지워진 세계다.

　하지만 그렇다고 해서 그 세계가 실제로 존재한다는 사실이 없어지지는 않는다. 우리의 안전한 세계는 저들의 위험한 세계 위에 발딛고 있으므로. 그 세계는 침묵 속에서 우리 보통 사람들의 깨끗하고 안전한 세계를 품에 껴안고 있다. 사람들이 더럽다고 치워버린 것들이 가는 곳. 그 세계는 사라질 수 없다. 인정하건 인정하지 않건 간에, 그 세계는 이 세계의 무의식이다. 무의식은 제거되지 않는다. 억압될 뿐, 그리고 되돌아온다. 이 사실이 머리 한구석에 달라붙어 떨어지지 않는다. 그것에 대해 써야 한다.

상처의 치유에 반대함

요즘 들어 점점 더 한국 사회란 통째로 인터넷 속에 들어가 있는 것 같다고 생각하게 된다. 그러니까 진짜 한국사회는 인터넷 안에 들어 있고, 밖에 있는 건 그림자에 불과하다는 이런 단순한 이론을 점점 더 확신하게 되는 것은 단지 내가 인터넷 중독자이기 때문인가. 하지만 꽤 그럴듯하지 않은가. 가난하고 갈 데 없는 아이들이 매일 밤 동네 공터에 모여 씨름을 하는 것보다야 어두운 피씨방에 앉아 38시간째 게임에 몰두하는 장면이 훨씬 더 지금의 한국에 대한 제대로 된 묘사가 아닌가?

그런데 진짜 한국은 컴퓨터 안에 얌전히 담겨 있고 사람들이 현실이라고 부르는 그 무엇은 단지 그림자에 지나지 않는다면, 그런 것 따위 어떻게 되든 내버려두고 365일 24시간 멈추지 않는 이 21세기 판 라스베이거스-인터넷 세계에 두 눈을 고정한 채로 뇌의 흥분 상태를 최고치로 유지하는 게 뭐가 문제인가? 그렇다. 어떻게 되든 상관없다. 컴퓨터를 끄지만 않는다면 말이다. 정말이지 문제 될 것이 있나? 우린 이미 「매트릭스」 같은 영화가 상상한 미래보다 훨씬 더 급진적인 세계를 살아가고 있다. 많은 사람이 탈역사화된 사이버펑크 세계를 말할 때 일본을 떠올린다. 하지만 그 분야에서라면 이제 우리가 좀더 앞서 있는 것도 같다.

게다가 우리가 흔히 현실이라고 부르는 인터넷 바깥세상 또한 이제는 인터넷을 떠나지 않은 채로 충분히 목격할 수 있다. 조잡한 텍스트, 해상도 낮은 사진, 손바닥보다 작은 동영상으로 변환된 현실의 비극은 실시간으로, 언제 어디서나, 심지어 영원히 리플레이될 수 있다. 자신이 정의롭다고 믿는 사람들은 심지어 그 반복을 부추긴다. 잊지 않기 위해서라는 명목으로. 하지만 내가 아는 이론은 이거다. 비극의 재현과 반복은 트라우마를 치유한다. 극단적인 이미지의 반복이 불러오는 것은 결국 지루함이다. 인간은 적응력이 강한 동물이다. 그러니까 정의로운 자들이 각종 사회적 참사와 정치적 위기에 애도와 분노를 반복할수록, 그 목소리가 더 높아질수록, 이상하게도 자꾸만 지루해지고, 지겨워지고, 무감해지고, 멍해지는 것은 전혀 이상한 일이 아니다. 반복은 모든 것을 단일한 자극으로 환원시킨다. 그리고 모든 것이 단일한 것으로 환원된 세계에는 고유명사가 존재하지 않는다. 고유명사, 다시 말해 개별성이 사라진 자리에

남는 것은 졸음뿐이다. 아니, 한가지가 더 있다. 그건 졸음의 쌍둥이인 오르가슴이다. 그렇다, 기계적인 반복의 종착지는 잠 혹은 절정이다.

　잠 혹은 절정, 그게 모니터에 비친, 현실이라는 이름의 무엇에서 우리가 진짜 얻고 있는 게 아닐까? 잠들어버리기, 혹은 절정에 이르기. 그런데 그건 그냥 해소일 뿐이다. 지금 이 순간에도 현실의 비극들은 끊임없이 이런 식으로 손쉽게 해소되고 있다. 그리고 난 그게 마음에 안 든다. 어떤 것은 수면제나 흥분제로 사용되어서는 안 된다. 어떤 것은 졸음 혹은 오르가슴 이상이 되어야 한다고 생각한다. 어떤 것은 해소되지 말아야 한다. 모니터 밖을 포기하지 않을 생각이라면 말이다. 현실이 단지 무언가의 환영으로 축소되는 걸 보고 싶지 않다면 말이다.

위악자의 처세술

요즘 인터넷의 지배적인 감수성은 엄청난 솔직함인 것 같다. 그게 뭐냐 하면 간단하다. 뚱뚱한 사람을 만났을 때 거 참 뚱뚱하시군요 하고 말하는 거. 누군가 그런 말은 무례하다고 하면 그럼 뚱뚱한 사람한테 뚱뚱하다고 하지 뭐라고 하느냐며 도리어 화를 내며 상대를 가식과 위선의 왕으로 몰아붙이는 것. 그러고는 어느날 그 사람이 지마켓의 다이어트 상품을 검색했다는 기록을 찾아내고는 진정한 위선자였음을 폭로하는 것. 물론 이 풍경은 인터넷이 만들어낸 독창적인 것은 아니다. 한국사회가 가진 가학성이 인터넷이라는 테크놀러지를 통해 표출되고 증폭되는 것뿐이다.

사람들이 이런 가학성을 솔직함과 혼동하고 예의를 가식이라며 경멸하는 이유는 예의가 가식과 어떻게 다른지 모르기 때문이다. 그것을 모르는 이유는 이 사회가 정치적 이해타산 너머의 인간관계를 상상할 수 없는 곳이기 때문이다. 단순화하자면 예의란 상대방을 배려하기 위해서 필요한 것이고, 가식과 위선은 자신의 이익을 위해서 존재하는 것이다. 그런데 수천만 『삼국지』 애독자를 가진 이 정치꾼들의 나라에서 이해관계를 넘어선 인간관계란 가족 말고는 상상할 수조차 없다. 사람들은 자신에게 이익이 되지 않는 상대에 대한 배려라는 것이 존재한다는 사실을 믿을 수도 없고 믿으려고 하지도 않는다. 실제로 목격한 적도 없고 고찰해본 적도 없기 때문에 그것이 사기나 환상이라고 생각한다. 따라서 사람들이 예의 비슷한 것을 가장하는 순간은 그렇게 하지 않으면 자신에게 손해가 생기거나 혹은 그렇게 하면 자신에게 이익이 되는 순간들뿐이다. 그러니 예의라는 것이 사장님이나 교수님, 미녀 혹은 부자 같은 특정한 상대 앞에서만 발휘되는 것이다. 하지만 이것을 통해 알 수 있는 것은 사람들이 특별히 성격적 결함이 있어서 서로에게 무례한 것이 아니고, 모든 것을 생존을 건 싸움으로 만드는 사회적 빡빡함으로 인해 서로를 믿지 못하게 되고 만 것이라는 슬픈 사실이다……

　잘 알지도 못하는 상대방의 몸매를 굳이 뚱뚱하다고 지적하고는 뻔뻔하게도 그런 무례한 태도를 솔직함이라는 이름으로 방어하는 이 가학성은 스스로를 쓰레기의 차원으로 전락시킴으로써 나를 망쳐놓은 이 사회의 쓰레기 같음을 항변하고자 하는 유아적인 몸짓이

라고 할 수 있다. 한마디로 위악이다. 솔직함이 아니다. 위악자들은
끝내 솔직할 줄 모른다. 그러니 위선이란 결국 위악자들의 처세술이
아닌가. 위악자들의 위선에 대한 경멸은 자기부정에 지나지 않고,
그저 위악과 위선으로 가득한 이곳에서 진정한 솔직함은 목격된 바
없다.

한국어로 글쓰기

영어 글쓰기에는 분명한 기준이 존재한다. 사용하는 단어와 문법을 통해 글의 질이 너무나도 투명하게 드러나서 모든 글쓰기에 1에서 10까지 질서정연하게 등급을 붙일 수 있을 것 같다는 생각이 들 정도다. 자 100단어만 말해봐, 너가 어디서 왔는지 말해주겠어,랄까. 특히나 대학생 수준의 학술적 글쓰기, 혹은 현대소설 작법은 너무나도 널리 알려져 있고 모두가 그 기준을 신봉하는 듯이 보여서, 스타벅스의 커피 주문 방법처럼 꽤 성가시긴 하지만 노력하면 금방 익숙해질 수 있을 것 같다. 다시 말해, 재능이 별로 필요 없는 세계다. 시키는 대로 따라 하면 누구든지 할 수 있다. 고도로 양식화된 형식 덕분에 내용에 집중할 수 있는 것이 장점이라고도 할 수 있지만 사실은 형식이 성가시게 모든 것에 간섭하는 바람에 고유의 내용이라는 것이 형성될 수 없지 않겠는가 하는 인상을 받기도 한다. 글쓰기가 스타벅스에서 주문 가능한 특별한 토핑이 추가된 나만의 캐러멜마끼아또는 아니지 않은가.

반대로 한국어 글쓰기는 정말이지 아무런 기준도 법칙도 존재하지 않는 것이 특징이다. 누군가의 한국어 글쓰기를 통해서 알 수 있는 것은 그 사람의 사회적 위치나 교육 수준, 삶의 궤적이 아니라 정신 상태다. 당장 네이버 댓글만 보면 알 수 있다. 그 수많은 댓글을 통해 얻을 수 있는 것은 어떤 사안에 대한 입장이나 글쓴이에 대한 사회적 정보가 아니고 이걸 쓴 사람이 미쳤나, 덜 미쳤나, 제정신인가 맛이 가버렸는가 하는 것이다.

법칙과 기준이 존재한다는 것은 그 언어가 공적 의사소통의 도구로 사용이 가능하다는 뜻이다. 한국의 역사를 돌아보면 중국어, 일본어, 영어로 이어지는 외국어들이 한국사회 내에서 실질적 권한과 힘을 가져왔다. 다시 말해 한국어는 한국에서 공적인 도구로, 즉 실제적 결정권을 행사하는 언어로 사용된 적이 없다. 그러니 엄밀히 봤을 때 한국어는 옛날 옛적 뒷방 아낙네들의 말로 쓰이던 위치에서 벗어나본 적이 없는 것이다. 한국어는 사적인 언어다. 감정표출과 정서감응의 도구를 넘어서본 적이 없다. 하여 대표적인 공적 논의의 장인 국회에 욕설과 삿대질이 가득한 것도, 유명 신문의 논설에서 느껴지는 것이 글쓴이의 증오감과 기회주의적 태도뿐인 것도 자연스럽다.

물론 광복 이후 지난 몇십년간 한국에는 아주 잠깐 한글세대라는 것이 등장했다. 한국어로 생각하고, 말하고, 주장하는 사람들이 출현했다. 하지만 더이상은 아닐 것 같다. 국제화는 실현되고 있다. 그것은 우리가 다시 이중언어 혹은 다중언어의 세계체제 속으로 기어들어가고 있다는 뜻이다. 그것은 앞으로 한국어는 더욱더 흐느적거리게 될 것이고, 결국 외국어도 한국어도 아닌 『프랑켄슈타인』 같은 번역서나 잡담과 채팅만이 존재하게 될 것 같다는 뜻이다. 그런데 그렇게 되고 나서도 여전히 한국어가 존재한다고 말할 수 있을까?

자살적 세대

　　　　　　　　내 세대는 (외국으로) 탈출을 원하는 자들이었다고 생각한다. 사회에 대한 총체적 환멸 속에서 그들은 은밀하게 이 사회를 저버리는 것으로 복수하기를 원했다. 하지만 인터넷과 영어가 필수품이 된, 어학연수와 유학이 일상화된 요즘 시대 외국이란 더이상 그런 식의 탈출구가 아니다. 서열화된 메인스트림의 정점일 뿐이다. 일테면, 뉴욕에서 성공하기. 그것은 과거의 '미국으로 이민 가기'와 다르다. 왜 더이상 탈출은 희망이 될 수 없는가. 탈출하지 않아도 이곳에서 그것을 누릴 수 있기 때문에? 혹은 탈출해서 잃을 것이 너무 많기 때문에? 아니, 탈출은 불가능하기 때문이다. 어딜 가도 이 구축된 세계에서 빠져나갈 수 없기 때문이다.

지난 몇년간의 여행을 통해 나는 교양 있는 시민에게 어울리는 교양 있는 태도를 익혔다. 명화들을 보며 배운 것은 그림이 아닌 것들을 그림 보듯 관람하는 법이었다. 슬럼가에서 길을 잃었던 몇번의 경험은 오직 심미적 충격으로 남아 있다. 매끈한 스포츠카 차창 뒤에 숨어 외곽지역의 가난을 훔쳐보았다. 대형 오가닉 슈퍼마켓 체인점은 모험으로 가득 찬 산책로였다. 돌아와 여행자의 눈으로 바라본 한국은 키치한 아름다움을 가진 흥미로운 나라였다. 가난한 거리를 걸을 때 내 마음을 낫으로 찍는 듯하던 고통은 사라져 있었다. 나는 고통을 심미적인 방식으로 승화할 방법을 찾아낸 것이다. 이제 나는 괴로움 없이 하모니 코린의 영화를 볼 수 있다. 개 같은 기분이다.

백화점

90년대라는 말에서 떠오르는 이미지는 한여름, 초록빛 플라타너스 나무와 그 너머로 펼쳐진 회색의 아스팔트 거리다. 거리의 한가운데에는 백화점이 있다. 무더운 8월이 오면 나는 친구와 함께 백화점에 갔다. 수영장이 있었기 때문이다. 물론 옥상공원에서 노는 것도 재미있었다. 1층의 팬시점이나 그 옆에 딸린 서점에서 책을 구경하는 것도 좋았다. 2층에 진열된 아가씨 옷을 구경하는 것도 재밌었다. 시원한 에어컨 바람 속에서, 목적 없이 에스컬레이터를 오르락내리락하는 것은 언제나 신이 났다. 배가 고파지면 식당가에서 떡볶이를 사 먹었다.

그때 읽은 어떤 일간지에는 요즘의 도시 아이들은 골목길도 놀이터도 아닌 백화점에서 논다는 내용의 기사가 실려 있었다. 실제로 그 시절 도시 아이였던 나는 골목길과 놀이터에서도 놀았지만 그 이상의 시간을 백화점에서 보냈다. 버스나 지하철로 멀지 않은 곳에서너개의 백화점이 있었다. 백화점에는 모든 것이 있었다. 물론 명품과 수입식품으로 가득한 요즘의 호화로운 분위기와는 거리가 멀었지만. 그러니까 그때 백화점은 요즘으로 치면 동네 쇼핑센터에 가까웠다. 그 소박함 덕분에 나와 친구들은 백화점을 쉽게 놀이터 삼을 수 있었다. 친구의 생일선물을 사기 위해, 주말 오후의 간식거리를 위해, 문화센터에서 하는 어린이 뮤지컬을 보기 위해 백화점에 갔다. 사회 숙제를 하러 간 적도 있었다. 백화점과 시장의 같은 점과 다른 점을 비교해보는 탐구 과제였다. 나는 공책을 들고 입구 에스컬레이터 앞에 선 채로 성격 좋아 보이는 아주머니들에게 바보 같은 질문을 던졌다. 왜 백화점에 오셨나요? 오늘은 무엇을 사셨나요? 백화점이 더 좋은가요, 시장이 더 좋은가요?

사람들의 대답이 뭐였는지는 기억이 안 난다. 아무튼 내가 살던 곳에서 이 소박한 백화점의 시대는 신시가지에 들어선 초대형 백화점에 의해 끝났다. 그리고 나의 백화점 놀이도 새로운 단계로 진입했다. 나와 친구들은 주말마다 상품들로 가득한 그 거대한 미로 같은 장소를 빙글빙글 돌며 길을 잃었다. 지하에서는 3개월 카드 할부로 일주일치 장을 보는 젊은 주부들이 목격되었다. 여기서부터는 어쩐지 90년대적으로 느껴지지 않는다. 나는 계속해서 백화점에 가곤 했지만, 전과 같은 식의 재미는 없었다. 2000년대가 다가오고 있었다.

밤과 낮

내 미술 취향은 구닥다
리다. 미술관에 가면 대체로 중세와 바로끄에 머물며 인상파를 통째
로 건너뛴 다음 뒤샹 이후로는 못마땅한 표정을 지은 채 가능한 한
빠른 속도로 전시실을 가로지른다. 그러던 내가 현대미술에 약간의
흥미를 갖게 된 것은 런던의 현대미술관에서였는데 데이미언 허스
트가 내 마음을 움직였다. 하얀 띠가 둘러진 사각 상자, 포르말린 용
액에 잠긴 작은 양은 묘하게 매혹적이었다. 방부 처리된, 지극히 규
격화한 죽음. 반영구적으로 일시 중지된, 지극히 현대적인 죽음. 그
렇다. 거기 죽음이 있었다. 죽음은 여전히 인간에게 확고한 사실이
며 한계이자 동시에 평화이고 희망이지만 현대인들은 그것을 종종
잊는다. 아니 그것은 극복되어야 할 과제로 합의되어 있다. 그리하
여 우리는 죽음을 어떻게 대해야 할지 잊고 말았다. 그 결과 죽음에
맞닥뜨린 사람들은 당황하여 괴상한 태도를 취하고 만다. 혹은 굉장

히 복잡하고 우스꽝스러운 방식으로만 그것과 대면하고 사유할 수 있게 되었다. 예를 들어, 굳이 영국까지 가서 방부 용액에 잠긴 귀여운 양을 보며 감동하는 식.

그렇게 죽음에 관한 현대적 고찰이 끝난 뒤 우리가 돌아오게 되는 곳은 역시 지극히 현대적인 삶이다. 현대적 삶은 현대적 죽음만큼이나 규격화되어 있으며 방부제 냄새가 난다. 넓게 펼쳐진 풀밭을 거닐던 건강한 소의 고기로 만든 갈비찜과 무농약의 제철 과일로 식단을 구성한다고 해서 현대적 삶에서 벗어날 수는 없다. 아니 그 식단만큼이나 현대적 삶의 논리를 따르는 것도 없다. 모든 해로운 것이 제거된 음식을 통해 신체와 정신을 관리하여 우리가 마땅히 도달해야 하는 곳은 물론 건강과 행복이다. 건강과 행복, 그것은 소에게도 딸기에게도 그리고 무엇보다 우리 인간들에게 중요하다. 아니 그것은 우리 삶의 지상목표다. 그리하여 우리는 불행과 병을 배척한다. 아픈 신체와 병적인 정신을 기피한다. 건강한 신체와 정신에서 흘러나오는 축제적인 음악을 사랑한다. 그렇게 우리는, 낮에 취한다. 하지만 알다시피, 백야에도 끝이 있다.

현대인의 삶에 관한 광적인 집착은 죽음에 관한 어찌할 바 모르는 태도와 동전의 양면을 이룬다. 삶에서 죽음을 밀어내려 할수록 그것은 더욱 파멸적인 형태로 돌아온다. 그것은 대체로 추악하고 가끔은 잊을 수 없게 아름답다. 그리하여 그것은 쓰레기통에 처박히거나 엄청난 가격에 팔려나간다. 사람들은 그것을 혐오하고, 동시에 매혹당한다. 그렇게 죽음에서 벗어나려는 노력은 우리를 죽음에 대한 매혹으로 인도한다. 삶에 관해서도 마찬가지다. 사람들은 완벽한 삶에 매달리지만 그럴수록 삶에서 구역질을 느낀다. 그것을 꽉 움켜잡을수록 그것을 놓아버리고 싶은 충동에 시달린다.

세계는, 밤과 낮으로 이루어져 있다. 그 사실을 인정할 때 우리는 비로소 단조로운 명도의 세계를 벗어나 채도의 세계로 들어설 수 있다. 미래에 관해 생각할 때도 마찬가지다. 우리가 무엇을 하든, 어디에 이르든, 그토록 바라던 혁명과 해방 후에도 밤과 낮은 여전히 존재할 것이다. 아니 밤과 낮이 존재하는 한에서 우리는 인간이다. 그러니 어느 한쪽을 지워버리겠다는 것은 인간이기를 포기하겠다는 뜻이다. 과연 우리는 그것을 원하는가? 인간이라는 사실이 그렇게까지 우리에게 고통인가? 언젠가 이 질문에 대답을 해야 할 때가 올 것이다.

한 세기의 끝

산문문학으로서 소설의 핵심은 그 상스러움^{vulgarity}에 있다. 소설은 무엇보다도 세속적인 예술이다. 그것은 시작부터 패러디이자 아이러니였고, 미친 듯이 찍어내 시장통에 풀리는 끝내주게 재밌는 이야기였다. 세르반떼스가 그랬고, 디킨스가 그랬고, 싸드도 마찬가지였다. 다시 말해 그것은 대량생산과 대량유통을 기반에 둔 대중문화의 탄생과 밀접한 관계를 지닌다.

물론 그와 반대의, 순수하고 고립되어 있으며 거의 시에 가까운 소설 또한 존재한다. 사람들은 그런 종류의 소설을 시적이라고 부른다. 하지만 당연하게도, 시적인 소설은 시가 아니다. 그리고 시는 오래전에 죽어버린 장르다.『미국의 민주주의』의 작가 알렉시스 드 토크빌은 현대의 민주주의 사회에서 과거와 같은 시 쓰기는 불가능하다고 주장한다. 모두가 비슷비슷하게 평범해지는 민주주의의 시대에 고귀함, 신성 같은 개념은 더이상 사람들의 관심을 끌지 못한다. 그리하여 예술은 신적인 것을 떠나 자연물로, 종국에는 인간, 우리 자신으로 향한다. 우리, 한명 한명의 인간들, 사소하고 하찮지만 사랑스럽기 짝이 없는. 왜냐하면 모든 것이 비슷하게 평범해지는 시기에는 가만히 스스로를 들여다보는 것만으로 세계의 보편을 이해할 수 있기 때문이다. 세계는 지상과 천하 사이에 놓이고, 사람들은 천국과 지옥에 대한 관심을 멈췄다.

그렇게 사람들이 오직 자신의 현실을 사랑하고 관심을 기울이고 가꾸어나갈 때, 많은 오래된 아름다움이 존재하기를 멈춘다. 그리고 그것은 딱히 슬퍼할 일은 아니라고 토크빌은 또한 말한다. 고귀함과 비참함이 극적으로 공존하는 신분제 사회에서만 가능한 탁월한 아름다움 대신 사람들은 민주주의 사회의 고만고만하게 평범한, 속세적인 즐거움을 갖게 되었다. 하지만 그런 세계 속에서는 시뿐 아니라 소설조차 존재하는 것이 버거워진다. "너덜너덜한 지도, 망가진 여행 책자, 낡은 타이어에 불과"하다고 소설가 나보꼬프가 말한, 거대한 평균치의 세계——통계로써만 파악 가능한 꿈으로서의 20세기. 그리하여 많은 현대 소설가들은 소설가보다는 저널리스트에 가까워졌다. 실제로 토머스 핀천의 『중력의 무지개』나 돈 드릴로의 『언더월드』와 같이 일정한 성취를 이룬 20세기 후반의 소설들은 넘쳐흐르는 평균치, 즉 통계와의 힘겨운 싸움이었다.

제1차 세계대전이 일어난 지도 벌써 100년이 넘은 현시점, 앞과 같은 내용을 생각하다보면 정말이지 많은 것이 달라졌다는 느낌을 받는다. 랭보의 시 한 구절을 패러디하자면, 평범함은 21세기적이지 않다. 평균치와 통계, 대중 전체가 붕괴 중이다. 더이상 해석에 반대할 필요도 없이 어떤 해석도 불가능하다. 저널리즘은 오래전에 단념되었고 소설은 더이상 어떤 것도 표상하지 못한다. 한편 어느 때보다 가난해진 인간들에게 남은 것은 '리트윗retweet'과 '좋아요like' 두 종류의 의사표시뿐이다. 모든 종류의 의미체계가 잊히고 있는 가운데 사람들은 일종의 텅 빈 관pipe이 되어가는 것으로 보인다. 더 많은 정보를 더 적은 손실 속에서 교환하기 위한 스마트한 플랫폼으로서의 인간. 상황은 이렇게 흥미진진해지는데 파국이나 종말은 찾아오지 않을 것 같다. 대신 마이크 데이비스의 『자본주의, 그들만의 파라다이스』가 그려 보였듯, 천국과 지옥이 우리 곁으로 되돌아오고 있다. 그렇다면 우리는 다시 시를 갖게 될 것인가.

2000년대의 마음

열일곱의 헬레네 헤게만
은 소설 『아홀로틀 로드킬』을 발표한다. 나이가 믿기지 않게 완숙한
언어, 동시대 베를린의 풍경을 그대로 구겨넣은 듯 실감나는 묘사,
날뛰는 에너지가 인상적인 이 짧은 소설은 곧 독일문학계의 이목을
끌었다. 하지만 이 젊은 천재의 탄생 스토리는 추문에 휩싸인다. 그
녀가 소설 속에서 한 무명 작가의 소설과 자신이 받은 사적인 이메
일들을 도용한 사실이 밝혀진 것이다. 출판사가 나서서 저작권 문제
를 해결했지만 추문은 가라앉지 않았다. 하지만 아이러니하게도 그
스캔들로 인해 그녀의 유명세는 더 커졌다.

소설의 줄거리는 단순하다. 조숙한 10대 소녀 미프티는 알코올중
독인 어머니를 떠나 유명 예술가인 아버지가 있는 베를린으로 온다.
하지만 베를린은 그녀의 상처를 치유하기에 적당한 장소가 아니었
다. 그녀는 과거 반문화의 영광이 죄다 그럴듯한 패키지 상품이 되

어버린 포스트모던한 천국 베를린에서 혼란에 빠진다. 사방이 예술
품으로 가득한 집, 그 안에서 그럴듯한 타이틀을 가진 그녀의 아버
지와 배다른 형제자매들은 가장 속물적인 인생을 살아간다. 한 손에
는 돈 다른 한 손에는 마약을 쥔 미프티는 모든 게 상품이 되어버린
세계 속을 방향 없이 헤매며 자기파괴를 거듭한다.

누군가 간단히 말해버릴지도 모른다. 새로울 것 없는, 배부른 중
산층 백인 여자애의 사춘기 기록 같은 거라고. 그것도 오리지널이
아니라 질 낮은 짜깁기에 불과한. 하지만 자꾸만 이 책에 마음이 가
고 마는 것은, 내가 언뜻 보고 느낀 베를린의 괴상함을 이 책이 하나
의 스토리로 엮어 표현해내는 데 성공했기 때문이다.

세번의 방문을 통해 내가 베를린에서 받은 인상은 한마디로 거대
한 얼터너티브 테마파크 같다는 것이다. 그건 인간과 언어와 도시를
포함해 존재하는 모든 것이 상품이 되어가는 한국의 상황과도 비슷
한 데가 있었다. 한마디로 나는 일종의 시대정신을 베를린과, 그 도
시를 주제 삼은 이 책을 읽으며 느꼈다.

조숙한 책의 화자가 이미 잘 알고 있듯이, 반문화적 수사로 가득
한 이 책에는 애초부터 새로움이나 혁신성 따위 존재하지 않는다.
총천연색으로 반짝거리는 과격함은, 시내의 옷가게에서 울려퍼지
는 아이돌 음악의 과격성과 다르지 않다. 책의 스타일과 마찬가지로
끝없는 인용, 도용과 짜깁기로 이루어진 열등한 흔적으로서의 삶만
이 주인공 앞에 남아 있다. 해결책은 없는가? 아니면 빠져나갈 길이

라도? 그렇지 않다는 것은 미프티가 베를린으로 오게 된 이유가 시골에서 행해진 어머니의 학대 때문이라는 사실을 통해 짐작할 수 있다. 구닥다리 히피들이 주장하는 자연과 어머니의 이상 또한 환상이다. 하여 미프티에게 남은 것은 자기파괴적인 몸부림뿐이다.

어쩌면 지금 내가 늘어놓는 말들이 서글프게 들릴지도 모르겠다. 하지만 사실 그럴 필요가 없다. 왜냐하면, 2000년대의 인간들에게는 마음이 없기 때문이다. 2000년대의 인간들은 더이상 슬퍼할 마음의 주인인 자기를 갖고 있지 않기 때문이다. 감정이란 무엇인가? 슬픔과 분노란 또 무엇인가? 상품 카탈로그와 구분되지 않는 2000년대의 인간들에게 그것은 미지의 영역이다.

실제로 소설 속 세련된 2000년대 사람들, 미프티의 베를린 가족과 친구들은 그녀의 구질구질한 분노를 끝내 이해하지 못한다. 책의 마지막, 완전히 고립된 미프티에게 들려오는 것은 다른 무엇도 아니고 그녀가 도망쳐온 엄마의 목소리다. "이 미친년아, 왜 너는 날 그렇게 계속해서 빤히 쳐다보고 있는 거냐?"

철없는 미프티는 아직 세련된 2000년대식의 마음을 갖지 못한 것 같다. 그것을 끝내 손에 넣게 될 것인가, 아니면 저항할 것인가? 책을 덮고 나서도 마음이 어두웠다. 늦은 밤, 어둡고 시끄러운 클럽 한가운데에 혼자 멍하니 서 있는 듯한 그녀가 염려되어.

세련에 관하여

세련된 것을 좋아한다. 옷이든 영화든 노래든 뭐든 세련된 게 좋다. 글도 마찬가지다. 형식미 있는 모더니스트의 언어를 좋아한다. 좋아하는 한국 시인을 물으면 첫 손에 이상을 꼽았다. 식민지 경성의 권태와 절망을 한자, 불어, 영어, 그리고 각종 기호와 숫자가 난무하는 탈경계적 시어로 담아낸 그는 식민지 조선의 가장 도회적인 남자 중 하나였다. 레몬 향기를 맡고 싶소. 그가 죽기 직전에 남긴 말이라고 한다.

그런데 얼마 전 오랜만에 그의 시집을 읽자, 막다른 골목을 향해 달려가는 그의 난해한 언어들이 문득 안쓰럽게 느껴졌다. 젊고 예민한 모던보이에게 세련과는 거리가 먼, 비참한 식민지 조선의 현실이 얼마나 절망스럽게 느껴졌을지 알 듯했기 때문이다. 뭘 어떻게 해도 안돼. 넘겨짚자면, 이게 그가 느낀 절망이 아니었을까. 왜 그런 생각이 들었느냐 하면 내가 주기적으로 그런 절망에 빠져들기 때문이다.

딱히 문화예술에 관심이 없는 사람들이라도, 지금 한국의 현실이 세련됨과 거리가 멀다는 것에는 동의할 수 있을 것이다. 이런 상황에서 세련된 것을 사랑하고 또 그런 것을 추구하는 것을 목표로 삼은 자들이라면 주기적으로 압도적인 절망과 한줌의 희망 사이를 오락가락하며, 이 혼란스러운 마음에 평정을 되찾는 것을 중요한 과제로 삼게 된다. 보통 셋 중 하나를 선택하는 것 같다. 이상과 같이 자기파괴적인 길로 들어서거나, 아니면 혐오에 찌든 괴팍한 늙은이가 되어버리거나, 혹은 자포자기하여 현실을 그저 긍정해버리는 것이다. 대중의 이름으로, 혹은 삶의 이름으로. 무엇을 택하든 답답한 것은 마찬가지다.

　이런 답답한 현실에 치이다보면 원래의 목적은 오래전에 잊히고, 엉뚱한 곳을 헤매고 있는 자신을 발견하게 된다. 세련에 대한 추구는 한이 되고, 병이 되고, 독이 되어버린다. 황병승의 시 「트랙과 들판의 별」에 나오는 어떤 구절처럼. 삼촌의 모습은 너무나도 세련된 것이어서 오늘은 조금도 세련되어 보이지 않는다.

　왜 세련에 대한 사람들의 추구가 일그러져버리고 마는지, 물론 우리들은 잘 안다. 원인을 거슬러올라가다보면 질곡의 20세기, 식민주의와 제국주의, 급기야 자본주의 근대의 태동에 닿게 된다. 그러니까 끝내 난해하고 자폐적인 각혈의 흔적을 남기고 간 것은 이상의 탓이 아니라는 것이다. 그는 단지 레몬 향을, 상쾌한 여름밤 같은 이국의 향기를 원했을 뿐이다. 유토피아를 향한 열망, 그것을 바싹

말라버린 핏자국 같은 그의 언어들 속에서 본다. 그것을 목격하는 것은 슬프다. 좌절된 열망이 병들어 흉하게 시드는 모습을 보는 것을 그만하고 싶다. 하지만 갈수록 보이는 것은 그런 것들뿐이고, 나빠져만 가는 현실 앞에서 인간 정신은 어느 때보다 무력하게 느껴진다.

지난 주말, 서울시청 신청사 건물을 보았다. 숨 쉬듯 느리게 변화하는 인공적인 빛깔을 가진 건물은 거대한 외계생명체처럼 보였다. 나는 생각했다. 저것은 세련되었는가? 멋이 있나? 모르겠다, 판단을 내릴 수가 없었다. 나는 다시 한번 황병승의 시를 떠올렸다. 이 세상에 세련을 알고 있는 사람은 아무도 없단다. 그렇다, 알 수가 없었다. 단지 압도적이었다. 너무나도 압도적이라서 그 앞에 선 스스로가 몹시 무력하게 느껴졌다. 마치 현실 그 자체처럼.

검은 거울에 비치는 것

　　　　　　　　　　　　「블랙 미러」는 2011년부터 방영된 영국의 텔레비전 씨리즈다. 제목인 '블랙 미러'는 텔레비전, 컴퓨터, 혹은 스마트폰의 화면, 즉 불이 꺼지면 거울처럼 우리의 얼굴을 비추는 검고 매끄러운 표면을 은유한 표현이다. 실제로 이 씨리즈는 인터넷과 스마트폰, SNS로 상징되는 21세기의 시대상을 극단적으로 그려 보이는 것으로 유명하다.

　　씨리즈의 첫번째 이야기 도입부, 영국 왕실의 공주가 납치된다. 납치된 공주의 모습이 담긴 동영상이 유튜브에 올라온다. 공주의 입을 통해 전해진 납치범의 메시지는 공주를 살리고 싶으면 총리가 돼지와 성관계를 맺어야 한다는 것이다.

　　이 역겨운 설정을 통해 이야기가 다루려는 것이 테러나 정신병이 아니라는 것은 곧 명백해진다. 동영상 원본은 즉각 삭제되었지만 빠르게 퍼져나가는 복제본을 막을 길은 없다. 유튜브와 트위터에는 곧

경에 처한 총리를 놀리는 글들이 올라오고 그것을 본 총리의 부인은 충격을 받는다. 한 방송국 여자는 정보를 얻기 위해 정부기관의 직원에게 자신의 누드사진을 찍어 전송하고, 그렇게 얻어낸 정보로 납치범 검거 현장에 갔다가 범인으로 오인당해 총에 맞는다. 한편 납치범 검거는 실패로 돌아가고 공주의 반지가 끼워진 잘린 손가락이 방송국에 배달된다. 동영상의 조회수가, 관련 트위터 갯수가, 그를 통해 짐작되는 여론이 실시간으로 수렴되어 전파를 탄다. 여론은 총리에게서 등을 돌리고, 사람들은 티브이에서, 휴대폰에서, 노트북에서 눈을 떼지 못한다.

결국 총리가 공주를 구하기 위해 돼지와 성관계를 맺고 그것이 실시간으로 전파를 타는 순간 오프라인 세상은 정지한다. 카메라는 집요하고 노골적으로, 화면을 바라보는 사람들의 얼굴을 비춘다. 사람들은 그 끔찍한 장면에서 눈을 떼지 못한다. 호기심에 사로잡혀 커다랗게 뜨인 눈들, 그것은 내가 최근에 접한 가장 역겨운 이미지였다.

고약하게도 이야기는 여기서 끝나지 않는다. 일년 후, 뉴스에 공주와 총리가 등장한다. 그들은 아주 괜찮아 보인다. 공주는 임신을 했고, 총리에 대한 지지율은 더 높아졌다. 하지만 총리공관의 문이 닫히고, 카메라가 멈추고, 그의 아내의 얼굴에서 대외용 미소가 사라진 뒤, 우리는 총리의 사적 삶이 돌이킬 수 없이 파괴되었다는 것을 알게 된다.

마침내 그렇게 이야기가 끝나고 나서, 정지한 검은 화면 속에 비치는 얼빠진 내 얼굴을 바라보며, 나는 그게 끝이 아니라는 것을 알고 있다. 현실세계에서라면 이야기는 한 인간의 삶을 파괴한 뒤에도 멈추지 않을 것이다.

　문제는 우리의 현실이 이미 블랙 미러 속 세계와 놀랄 만큼 닮아 있다는 것이다. 한바탕 이목을 끌 사건과 사고를 끊임없이 필요로 하는, 그리하여 모두가 모두를 위한 축제가 되어버린 세계. 모두가 모두의 블랙 미러가 되는 세계에서 부끄러움 따위 필요 없다. 수치심을 모르는, 호기심에 굴복한, 커다랗게 뜨인 눈들. 중단되지 않는 시선들로 이루어진 세계. 블랙 미러 속 이야기가 나에게 준 가장 큰 위안은 결국 그게 한 미친 예술가가 고안해낸 퍼포먼스였다는 것이다. 그러나 그것과 끔찍하도록 닮아 있는 우리 현실의 이야기들은 누군가 고안해낸 퍼포먼스나 TV쇼가 아니다. 그리하여 그것은 아주 오래전에 멈출 곳을 지나쳐 더 나쁜 쪽으로 나아가고 있지만 여전히 우리는 그것을 중단할 생각이 없다. 검은 거울에 비친, 우리의 호기심에 가득 찬 시선이 지금 이 순간에도 더,라고 말하고 있으므로.

피와 향수

영화 「신세계」를 봤다. 최근 본 한국영화 가운데 가장 인상적인 작품이었다. 과거 박찬욱의 영화에서 보이는 폭력적이며 탐미적인 세계관을 계승한 가운데, 하지만 박찬욱의 영화에 남아 있는 386식 세계관——일말의 계몽주의와 윤리, 정치성을 매끈하게 발라낸 뒤 폭력적인 세계관 자체를 쾌락으로 승화시켜 순수한 엔터테인먼트로서의 영화를 탄생시켰다는 느낌을 받았다. 이 영화의 가장 감탄스러운 면은, 자신이 다루는 세계와 인물을 윤리적인 판단 없이 해맑은 태도로 유희의 대상으로 삼는다는 것이다. 그것은 박찬욱, 봉준호, 류승완 등으로 상징되는 2000년대 초중반 한국영화의 세계관과는 다른 것이다. 그들에게 남아 있는, 존재의 가벼움을 참지 못하는 무거운 정신이 이 영화에는 없다. 한마디로 이 영화에는 중력이 작용하지 않는다.

하지만 그것이 왜 문제인가? 영화는 즐거우면 되는 것 아닌가? 무중력의 아찔함을 감당하지 못하는 것은 구식 태도다. 그리고 실제로 그 구식 태도는 2010년대의 한국에서 설 자리를 잃은 듯이 보인다. 막장 드라마, 조폭 영화, 아이돌 음악으로 거칠게 분류할 수 있는, 2010년대 한국의 대중문화의 핵심에는 일말의 윤리적 판단을 날려버린, 오직 재미의, 재미에 의한, 재미를 위한, 쾌락주의적 세계관이 자리 잡고 있다.

흥미로운 점은 이 한계 없는 쾌락주의적 세계관을 찬찬히 들여다보면 그것이 과거 한국을 지배했던 무조건적 성공 지향적 세계관과 놀랄 만큼 닮아 있다는 점이다. 아무튼, 성공하면 돼. 좋은 대학에 가면 돼. 부자가 되면 돼. 성장이 한계에 달한 지금 한국사회에서 그 캐치프레이즈는 단지 키워드를 성공에서 재미로 바꾸었을 뿐, 계속된다. 어쨌든, 재밌으면 돼. 재미로 한 거야. 즐거웠잖아, 그럼 된 거 아냐?

우리는 과거 우리를 옭아맸던 목표들을—돈과 힘, 성공을 향한 욕망—재료 삼아 유희하기 시작했다. 캐치프레이즈는 기능을 멈추었으므로. 그것은 더이상 어떤 환상도 생산해내지 못하므로. 왜냐하면 우리는 그것을 이룩했으니까, 우리가 이뤄낸 꿈이 악몽의 형태로 현실에 펼쳐져 있으므로. 남은 것은 그것을 살아가는 것이다. 환상 없이, 즐겁게.

피로 가득한 웅덩이에 향수를 뿌린다.

식민지와 전쟁의 폐허 위에서 살아남기 위해 우리는 성공해야 했다. 그리고 그것이 달성된 지금, 그런데도 여전히 고통으로 가득 찬 현실 속에서, 우리에게 필요한 것은 더 많은 쾌락이다. 테크놀러지와 헐벗은 마음으로 된, 돈과 피 그리고 힘을 향한 욕망. 엔터테인먼트로서의 악의. 그것이 2010년대의 한국이 이룩한, 이룩하고 있는 것이다. 그것은 거부할 수 없이 매혹적이다. 그리고 지금 그것이 정점에 닿아 있다. 하지만 달도 차면 이지러진다. 남은 것은 지리멸렬함뿐이고, 아마도 아주 오랫동안 우리는 그것을 견뎌야 할 것이다. 그리고 그것이 낫다. 그렇지 않다면 남은 것은 자멸뿐이므로.

브라운아이드걸스의 「킬빌」뮤직비디오의 결말, 타란티노의 원작과 달리 등장인물은 모두 죽는다. 거기엔 영웅도 희망도, 의미조차 없다. 남은 것은 죽음뿐이다. 자멸로서의 죽음. 어쩌면 지금 사람들은 피곤한 게 아닐까, 삶 그 자체가.

훔쳐보기

제이지는 동부 슬럼가 출신으로 뛰어난 힙합 가수이자 성공한 비즈니스맨이다. 그의 성공담을 담은 책은 『제이지 스토리 ― 빈민가에서 제국을 꿈꾸다』라는 제목으로 번역까지 되었다. 2013년 발매된 앨범 「Magna Carta... Holy Grail」은 성공 이후 그의 화려한 삶에 대한 이야기다. 첫 곡부터 저스틴 팀버레이크와 함께 너바나의 히트곡의 후렴구를 읊으며 대중들의 변덕에 대해 엄살 섞인 하소연을 늘어놓는다. 이어지는 노래에서는 제프 쿤스와 프랜시스 베이컨을 들먹이며 현대미술에 대한 지식을 자랑하다가 급기야 자신을 새로운 바스키아로 선언한다.

앨범을 다 들었을 때 든 생각은 지나치게 성공하고 부자가 되고 행복해서 돌아버린 사람의 샴페인에 전 헛소리를 한시간 동안 들은 것 같다는 것. 실제로 그는 엄청나게 성공했고 부자이며 또 행복한 삶을 살고 있는 듯 보인다. 그는 힙합음악사에 남을 앨범들을 냈고,

그 결과 부와 명성을 거머쥐었으며, 비욘세를 아내로 두었다. 그는 완벽한 세계, 나와 완전히 다른 세계에 산다. 당연하다. 그런데 흥미로운 것은 이것이다. 그의 비현실적인 삶이 너무나도 리얼하게 느껴진다는 것이다. 그 이유는 천국과 성배와 테이트 모던 따위 화려한 단어를 통해 묘사되는 그의 삶이 실제로 그런 방식으로 존재하기 때문이다.

이것을 확신하는 것은 물론 SNS 덕분이다. 언젠가부터 우리는 인터넷을 통해 세계적 유명인사들의 삶을 즉각적이고 내밀하게 들여다볼 수 있게 되었다. 페이스북이나 트위터, 인스타그램을 통해 유명인사들이 자신들의 일상을 전시하고 또 사람들이 그것을 훔쳐보는 것이 일상화되었기 때문이다. 하여 우리는 동화 속 세상이 실제로 존재하며 그런 세상을 현실로서 살아가는 사람들이 있다는 것을 아주 잘 알게 되었다.

물론 유명인사들의 일상만이 전시되고 훔쳐보기의 대상이 되는 것은 아니다. 언젠가부터 사람들은 스스로를 전시하고 전시된 타인을 훔쳐보는 식으로 관계 맺기를 하기 시작했다. 좀더 훔쳐볼 거리가 많은 사람은 인기인이 되고, 그렇지 않은 사람들은 '좋아요' 버튼을 누르는 것으로 자신의 존재를 알리는 데 만족한다. 이 세계를 지배하는 감수성은 호기심과 부러움 그리고 감탄이다. 물론 그 뒤에는 외로움이, 시기심과 스스로에 대한 초라함이 있겠으나 그것은 은밀하게 감추어져야 한다. 그런 비틀린 감정을 가졌다는 것은 열등함의 상징이기 때문이다. 그래서인지 요즘 사람들은 부정적인 감정을 극도로 혐오한다. 하여 남은 것은 동화 속 삶을 살고 또 찬미하는 스타들과 그것에 대해서 백치처럼 감탄하며 '좋아요' 버튼을 눌러대는 구경꾼들이다. 사실 그런 백치 짓이 그렇게 어려운 것은 아니다. 화면 속 주인공을 나와 완전히 다른 종족으로, 일테면 고대신화 속 신들로 간주하면 된다.

그러니 이런 상황이 어쩐지 못마땅하고 위화감이 생기는 것은, 멋대가리 없는 무신론자의 태도를 고집하는 것은 내가 구식 인간이라서 그럴 것이다. 하지만 괜찮다. 확신하건대, 인간 유전자 구조에 결정적인 변형이 가해지지 않는 한 이 구닥다리 감수성은 사라지지 않을 것이다. 단지 요즘 세상이 무서워서 다들 그런 척하고 있을 뿐이다. 나는 이렇게 꼭꼭 숨어버린 인간적인 감정들이 어디서 어떻게 고여 썩어가고 있을지 그것이 궁금하고 또 무섭다.

연약한 악

「브레이킹 배드」는 2008
년 방영이 시작된 미국의 텔레비전 씨리즈다. 폐암에 걸린 중년의
고등학교 화학 교사가 막대한 치료비를 감당하려고 필로폰을 합성
해서 판다는 극단적인 설정으로 시작돼, 이 씨리즈는 자극적인 소재
를 통해 미국의 의료보험 문제와 중산층의 위기를 그럴싸하게 엮은
데다 배우들의 호연, 탁월한 영상, 그리고 잘 쓰인 각본 덕에 한번 시
작하면 빨려들어가듯 보게 되는 매력이 있다. 하지만 이 씨리즈의
가장 큰 매력은 매회 시청자들을 트라우마에 빠뜨릴 정도로 잊을 수
없이 폭력적인 장면들이다.

사실 그 장면들이 충격적으로 다가오는 이유는 묘사되는 상황의
극단성에 있다기보다는 묘사되는 방식에 있다. 카메라는 눈앞에 펼
쳐진 끔찍한 상황을 시종일관 집요하게, 물끄러미 바라본다. 마치
성격 고약한 신처럼. 끔찍하지만 동시에 웃긴다. 가까이 다가갔을

때 처참한 비극은 다음 순간 멀리서 벌어지는 기괴한 희극으로 돌변한다. 악취미적인 세계관이다. 이 점 때문에 나는 이 씨리즈를 좋아하면서도 좋은 작품이라고 생각하는 것을 망설였다. 지나치게 염세적인 것이다. 하지만 마지막 씨즌의 다섯번째 에피소드를 보고 마음이 바뀌었는데 이 편에서 씨리즈는 인간의 어두운 본성에 대한 인상적인 통찰을 보여주고 있기 때문이다.

앞에 적었듯 이 씨리즈는 극단적인 캐릭터와 설정으로 흥미를 끌었다. 하지만 극단적인 것은 한두번이나 흥미롭지 금방 지루해진다. 그래서 이야기와 인물을 더 극단으로 끌고 가는 유혹에 빠지기도 쉽다. 막장 드라마가 되는 것이다. 그동안 폭주를 거듭하며 괴물이 되어가는 주인공을 보면서 흥미롭긴 하지만 솔직히 이해가 안 갔다. 물론 표면적인 이유가 있다. 가족을 위해서, 치료비를 벌기 위해서. 하지만 그건 말 그대로 표면적인 이유다. 많은 사람들이 그와 비슷한 힘든 상황에 처하지만 그렇다고 해서 마약왕이 되지는 않는다. 그렇다면 대체 뭐가 그를 여기까지 끌고 왔는가?

몇년 전 「추적자」라는 드라마가 인기를 끌었다. 그 드라마에서 냉혹한 기업 회장 역을 맡은 박근형은 한 인터뷰에서 자신이 맡은 캐릭터에 대해 그는 악한 게 아니라 나약한 거라고 말했다. 나는 바로 그 나약함을 「브레이킹 배드」의 주인공에게서 발견했다. 주인공은 자신 때문에 처남이 죽을 상황에 처하자 깡패들을 향해 살려달라며 애처롭게 매달린다. 그건 자신에게 장애물이 된다면 동네 양아치에서 마약계 대부까지 가리지 않고 제거해버리는 무시무시한 악당의 모습이 아니다. 사실 그가 시작부터 끊임없이 보여준 이런 인간적인 모습 때문에 그가 어떤 악행을 벌여도 시청자들은 그를 포기하기 힘들었다. 그러니까 그에게는 여전히 인간적인 면이 남아 있는 듯 보인다. 그렇다면 희망이 있나? 아니, 반대다. 그가 가진 나약함이 그가 벌이는 악행의 동력이므로. 그가 무시무시해질수록, 그의 영혼은 더 허약해져간다. 공포가 그를 강하게 만들고, 괴물이 된 그는 어느 때보다 더 위태로운 존재가 된다.

거리낌 없이 끔찍한 범죄를 저지르는 싸이코패스 범죄자들은 타인의 고통에 무감한 것으로 알려져 있다. 하지만 반대로 자신이 겪은 아주 작은 상처나 고통에는 엄청나게 민감하다고 한다. 그들이 그렇게까지 냉혹해질 수 있는 것은 지나치게 심약한 탓에 자신 외의 것을 돌볼 여유가 없기 때문 아닐까. 어떤 악은 매우 평범하지만, 또 어떤 악은 부서질 듯 약하다. 인간적이다.

우디 앨런에 반대한다

내가 어쩌다 우디 앨런의 팬이 되었는지 모르겠다. 아마도 「매치 포인트」를 보고 나서인 것 같다. 이안 감독의 「브로크백 마운틴」을 보고 나서, 끝없이 펼쳐진 목가적 풍경에 마음이 불안해진 나는 그 불안감을 해소하기 위해 곧바로 「매치 포인트」를 보기 시작했다. 과연. 첫 장면부터 펼쳐지는 경쾌한 수다와 도시의 풍경에 내 마음은 빠르게 안정되어갔다.

그리고 시간이 흘러 그의 뉴욕 영화들을 연구하기 시작했는데, 그때 나는 뉴욕을 배경으로 하는 소설을 구상 중이어서 뉴욕에 관한 것이라면 일 달러짜리 사과 모양 자석까지 소중히 여길 정도였으니까 당연한 일이었다. 특히 「애니 홀」이 좋았다. 열번도 넘게 보았고, 친구와 영화의 주제에 관한 엄청난 양의 문자 메시지를 주고받기도 했고, 심지어 대본을 프린트해서 읽기도 했다.

사실 그의 세계관은 「애니 홀」 같은 귀여운 영화들보다 삶의 비참

과 불가능한 환상을 교차시키는 「카이로의 붉은 장미」 같은 영화에
더 잘 나타나 있는 것 같다. 그는 세계의 무의미를 믿고 그래서 환상
을 옹호한다. 하지만 언제나 가장 인상적인 것은 현실과 환상을 오
락가락하며 미쳐가면서도 절대로 삶을 놓지 않는 인물들, 그들이 보
여주는 엄청난 생명력이다.

　실제로 한 인터뷰에서 우디 앨런은 죽음에 반대한다고 말한 적이
있다. 「블루 재스민」은 그런 우디 앨런의 세계관을 탁월하게 형상화
한 작품이라고 할 수 있다. 하지만 영화가 끝난 뒤, 어쩐지 기분이 씁
쓸했다. 집에 돌아와 그의 옛날 영화들을 돌려 보다가 문득 깨달았
다. 「블루 재스민」은 의미값이 0인 영화라고. 그리고 나는 그것을 견
딜 수가 없었다. 그는 끊임없이 삶에는 아무 의미가 없다고 주장하
고 있었고, 나는 도무지 그 의견에 동의할 수 없었다. 나는 삶이란
'뭔가'라고 생각한다. 그리고 그게 「블루 재스민」에는 완벽하게 결
여되어 있었다. 대신 심술궂은 야유와 비정상적인 생명력이 넘쳐흐
른다. 영화에 등장하는 인물들은 하나같이 강한 생명력을 갖고 있지
만 거기엔 아무런 의미도 방향성도 없다. 그저 과도하게 살아 있다.
마치 암세포들 같다. 아니 실수로 죽음이 프로그래밍되지 못한 생명
체. 참으로 미국적인, 아니 현대적인 세계관이다.

　이제 한국도 노령사회로 접어들고 있어서 그런지 생명력으로 넘
치는, 화려하게 빛나는 노인들이 속속 등장하고 있다. 사람들은 그
들의 성공적인 생존을 찬양한다. 하지만 나는 아직 젊어서 그런지,

늙으면 죽는 게 맞다고 생각한다. 삶에 대한 지나친 욕망과 죽음에 대한 과도한 반대야말로 삶과 죽음의 본질적 무의미성을 받아들이지 못하는 태도가 아닐까? 그리고 그런 태도가 후쿠시마 원전 사고 같은 대참사를 낳는 게 아니냐고 말했다가 우디 앨런 찬성파 친구의 격렬한 반대에 부딪치기도 했다. 그녀는 「블루 재스민」이 우월한 영화라고 주장했고 나는 「블루 재스민」은 틀렸다고 맞섰다. 우리 사이에는 아무런 의견 일치도 없었다. 그런데 메시지 창을 닫고 나서 그런 생각이 들었다. 나와 같은 부류의 사람들이 우디 앨런이 틀렸다는 것을 증명하려고 일생을 바치는 동안, 그녀와 같은 종류의 사람들이 그런 행위의 부질없음을 설파하는 우월한 뭔가를 만들어내는 것이 아닐까. 그러면 우리는 다시 그것이 틀렸다는 것을 증명하려 들 것이고, 그러면 다시 그들은…… 음, 나쁘지 않은 것 같다.

작별의 방식

영화 「디 아워스」의 마지막 장면, 니콜 키드먼이 연기한 버지니아 울프가 주머니 가득 돌멩이를 넣은 채 똑바로 물속으로 걸어들어간다. 카메라가 그녀를 물끄러미 비추는 동안 낮게 깔린, 바스러질 듯 메마른 울프의 중얼거림이 들려온다. "삶을 정면으로 보는 것. 언제나, 똑바로 마주 보는 것. 그리고 그 자체로서 그것을 이해하는 것. 마침내 이해하게 되는 것. 그 자체로서 그것을 사랑하는 것. 그리고, 치우는 것." 울프는 자신이 말한 그대로 살았다. 환상 없이, 삶의 맨얼굴을 직시하고자 했다. 아니 그녀의 예민한 정신은 그럴 수밖에 없었다. 그리고 그런, 생생한 날것의 삶을 두시간 동안 구경하는 것은 힘들었다. 어쩌면 그녀가 추구한 것이야말로 무모한 환상이었고, 그녀는 그 환상에 잡아먹힌 것인지도 모르겠다.

예순의 나이에 자살한 그녀에게서 떠올리는 것은 성숙과 나이 듦

보다는 여전히 시퍼렇게 빛나는 예민한 정신이다. 그녀는 자신이 가진 섬세한 창에 삶의 진리를 비추어 보고자 했다. 아마도 봤을 것이다. 몇번이나. 그리고 어느날, 미련 없이 그것을 치우고 떠났다.

그녀와는 정반대의 늙은이들이 세상엔 많다. 갈수록 많아지는 것 같다. 사람들은 그들을 칭송한다. 여전히 생명력이 넘치는 늙은이들. 성공했고, 식지 않은 야망으로 가득 찬. 확신 속에서, 인생을 즐기는 백발의 늙은이들. 가끔 그런 그들을 보고 있으면 죽음을 잊은 암세포처럼 괴상하게 느껴진다. 죽음을 모르는 늙음은 이상하다. 삶은 죽음과 함께하기 때문이다. 그러니 삶을 이해하는 것은 죽음을 받아들이는 것과 같다. 그것을 보고 만지고, 마침내 받아들이는 것. 끝내, 치우는 것. 그것이 노년의 인간이 가질 수 있는 최상의 특권이라면, 울프는 그것을 아주 잘 누리고 갔다.

망함에 대하여

　　　　　　　　　　　　망한다는 것은 무엇일
까. 그것은 어떤 느낌으로, 구체적으로 어떤 장면으로 다가올까. 잘
모르겠지만 그것은 망하는 과정의 지속적인 인지보다는 망함의 한
복판에서 문득 느껴지는 바닥을 모르게 깊고 당황스러운 감정에 가
까울 것 같다. 직접 겪는다면 지옥이겠지만 망하고 있는 누군가를
목격하는 것은 흥미로운 경험일 수 있다. 그 망함과 아무 관련이 없
는 사람의 입장에서는 강렬한 미적 경험에 가까울 것이기 때문이다.
낙관과 평화 속에서라면 결코 볼 수 없는 인간의 모습을 목격할 흔
치 않은 기회.

　그래서 많은 예술가 지망생들, 소재와 영감이 고갈된 프로 예술가
들이 망함을 둘러싼 풍경에 파리떼처럼 달라붙는다. 예술학교를 다
닐 적에 비슷한 일을 겪었다. 한번은 1학년 때 과에서 단체로 여행을
떠났는데, 갑자기 변두리의 한 마을에 차가 멈춰 섰다. 지방의 쇠락

한 작은 마을이었다. 영화감독 지망생들이 값비싼 카메라를 들고 호기심 어린 표정으로 남의 치부를 들추고 다니는 꼴이 역겨웠다. 또 한번은 교수의 인솔로 수업을 듣는 사람들과 단체로 서울 서남부 지역에 간 적이 있다. 앳된 조선족 여자가 일하는 역전 다방에서 차를 마시고 오래된 곱창집에 가서 곱창을 먹으며 이국적인 동네 풍경에 감탄했다. 정말로 불쾌한 하루였다.

다행히 그때 한국은 거품경제로 인한 풍요의 시기여서 사람들은 여유로운 태도로 남의 망함에 관심을 가질 수 있었다. 하지만 불황 속으로 모두가 천천히 기어들어가고 있는 요즘, 사람들은 남의 망함에 신경을 쓸 여유가 없다. 대신 자신의 망함에 몰두한다. 하지만 방식은 다르지 않다. 자신의 망함에 대해서 남의 망함에 대해서와 마찬가지로 선정적인 태도를 유지하는 것이다. 자신의 망함을 구경거리나 혹은 웃음거리로 전락시키기.

어쩌면 이런 태도는 자기학대라는 점에서 남에게 무례하게 구는 것보다는 나을지도 모르겠다. 하지만 인간에 대한 최소한의 존중과 이해를 결여하고 있다는 점에서 다르지 않다. 어쩌면 이것은, 사람들이 자꾸만 망함을 미성숙한 태도로 다루고야 마는 이유는 다들 망해본 적 없는, 하지만 망할 일밖에 남지 않은 시대와 세대에 속해 있기 때문일지도 모른다. 하지만 그렇기 때문에 오히려 희망적이다. 왜냐하면 망하는 것은 시대이지 세계가 아니고, 세대이지 인류 전체가 아니기 때문이다. 우리, 돈에 의해서 키워진, 클릭하고 터치할 줄

밖에 모르는 멍청이들이 통째로 바다 밑으로 가라앉는다고 해도 세계는 지속되고, 인간들은 살아갈 것이다. 그건 우리들의 세계가 아니겠지만 우리들의 것보다 훨씬 나을지도 모른다.

우리는 절대 다른 곳으로 갈 수 없다. 우리는 우리들이 속한 꿈에서, 점차 악몽으로 변해갈 우리들만의 꿈에서 깨어날 수 없다. 하지만 어딘가에는 우리와 전혀 다른 타인들의, 우리가 관여할 수도 상상할 수도 없는 전혀 다른 세계가 존재한다고 생각하면 위안이 된다. 그들이, 우리와 닮지 않기를 바란다. 우리를 바라보지도 동정하지도 않기를 바란다. 어딘가에 그런 진정한 타인들이 존재하기를 기원한다.

불가능한 비극

2000년대가 슬슬 중반으로 진입하던 때, 나는 20대가 되었다. 유행에 민감한 동시에 지적으로 보이고 싶어하는 중2병 젊은이들이 더이상 미셸 푸꼬를 언급하지 않기 시작하던 시기였다. 데리다와 들뢰즈의 유행이 끝물에 이르고 슬라보예 지젝이나 알랭 바디우가 슈퍼스타가 되기 직전, 아주 잠깐 많은 사람들이 발터 베냐민과 그의 도시들에 대해서 이야기하던 때가 있었다. 물론 나도 그 유행에 동참했다. 오래전 나온 그의 책들은 절판 상태였고, 대표작들은 아직 출간되기 전이었다. 나는 학교 도서관 한구석에서 그의 영어판 글 모음집 *Illuminations*를 발견하고는 괜히 꺼내 폈다 접었다 하곤 했다.

그가 남긴 글의 주제는 하나같이 세련되었다. 당장 아무 패션잡지에다 실어도 무리가 없을 것 같았다. 그의 문장은 매혹적이었고, 오래된 흑백사진 속 심각한 얼굴로 책에 파묻혀 있는 그의 모습은 감동적이었다. 하지만 무엇보다 그의 삶, 그가 살았던 삶의 극적인 궤적이 나를 끌어당겼다. 2차대전의 한복판, 히틀러가 전유럽을 차근차근 손아귀에 넣는 동안에도 그는 미완성이 되어버린 그의 작업 '파사젠베르크'의 메모 뭉치를 꼭 끌어안은 채 파리를 떠나지 못했다. 마침내 그가 도피를 결심했을 때에는 이미 늦었다. 그는 끝내 프랑스에서 스페인으로 넘어가는 국경을 넘지 못하고 자살했다.

영화 같은 절박함으로 가득한 그의 삶에 내가 훌쩍 빠져든 것은 아마도, 그 시기 내가 느끼던 시대의 공기가 그와 정반대였기 때문이다. 그때 나는 내 삶이 망했다고 거의 확신하고 있었다. 그런데 그것과 상관없이 내가 숨 쉬는 시대의 공기는 믿을 수 없이 낙관적이었고, 미심쩍은 풍요가 도시를 뒤덮고 있었다. 사람들은 뭔가에 취한 것처럼 행복해 보였고, 동시에 어쩐지 권태로워 보였다. 한마디로, 꽤 평화로웠다. 아무 일도 일어나지 않고 있었다. 2차대전 시기의 유럽을 덮은 불길한 그림자 같은 건 진짜 남의 이야기였다. 분명히 뭔가 잘못되어가고 있는데, 분명히 그런 것 같은데, 거리로 나가면 세상은 화창한 봄날이었다. 그리고 나만, 오직 나만 그 안에서 망해가고 있는 것 같았다. 다시 말해 억울했다. 그래서 뭔가 나쁜 일이 일어나기를 은밀히 또 간절히 바랐다. 만약 폭동 같은 게 일어난다면 맨 앞에 서겠다. 왜냐하면 나에겐 더이상 잃을 게 없으니까. 그런 생각을 자주 했다. 하지만 아무 일도 일어나지 않았다. 난 더 강박적으로 베냐민이 살았던 시기의 유럽, 불안과 공포로 가득한 그 시기 전쟁 한복판 유럽의 공기를 소비했다. 그런 일이 일어난다면 좋겠다. 그러니까, 전쟁이나 학살 따위가. 지금 내 앞에, 당장 뭐라도 일어났으면 좋겠다. 제—발. 일종의 리얼함을 나는 느끼고 싶었다. 주위를 가득 채운 권태로운, 인공적인, 하여 너무나도 비현실적으로 느껴지는 그 공기를 누군가 나서서 박살내주었으면 싶었다.

정확히 언제부터인지 모르겠지만, 이런 중2병식의 비틀린 소망은 사라졌다. 내가 들이마시는 시대의 공기는 몹시 탁하고 또 희박해졌기 때문이다. 더이상 사람들은 긍정적이지도 낙관적이지도 않다. 사람들은 미래를 기대하지도, 기다리지도 않는다. 한편, 한때 과거의 일 혹은 먼 나라의 일로만 느껴졌던 경제적, 정치적 위협들이 속속 현실화되고 있다. 그것은 생각보다 훨씬 무섭고 또 생각보다 훨씬 덜 재밌다. 그런데 솔직히 가장 절망스러운 것은, 지금 내가 느끼는 우리 시대의 괴로움이 우아한 일급의 비극보다는 삼류 막장 드라마에 가까운 것 같다는 것이다. 사실 당연하다. 사람들을 정말로 좌절하게 하는 것은 고통의 강도보다는 고통의 내용, 그것의 텅 비어 있음이기 때문이다.

이 시대 우리들이 가진 문제들은 대체로 어느 다른 시대의, 혹은 어느 다른 나라의 어설픈 복사본이거나 멍청한 유령의 모습을 하고 있다. 한마디로 키치다. 그러니 우리가 도착할 결말이 어느 막장 드라마의 마지막 회처럼 그저 혼란스럽고 바보 같을 것임은 자명하다. 스페인 국경에서의 음독자살 같은 멋진 일은 벌어지지 않을 것이다.

개처럼 죽거나, 혹은 개같이 살아남거나. 삶에도 죽음에도 치욕을 피할 길이 없어 보인다. 어쩌면 이게 우리가 처한 가장 큰 곤경이다. 절망조차 우습다는 것. 그것은 지금 여기 일말의 인간적 존엄도 존재하지 않는다는 얘기니까.

지금의 한국어

어릴 적 고고학자가 되고 싶었다. 중남미의 밀림에 처박혀서 잊힌 고대문자를 해독하는 게 꿈이었다. 생각해보면 이상하게 문자에 집착했다. 고고학이라면 모래에 파묻힌 오래된 도시라든지, 깨진 항아리와 미라를 가장 먼저 떠올릴 법도 한데 내 마음을 사로잡은 것은 세가지 문자가 새겨진 커다란 돌인 로제타 스톤이었다. 단지 그곳에서 사용된 문자가 멋있어 보인다는 이유로 수메르 문명을 좋아하기도 했다. 물론 대부분의 어린 시절의 꿈이 그렇듯이 이루어지지 않았고, 별다른 아쉬움 없이 잊혔다. 몇년 전 대영박물관에 갔다가 로제타 스톤을 실제로 보았을 때도 별 감정을 느끼지 못했다. 잠깐 멀뚱히 바라보다가 몰려든 관광객들을 피해 서둘러 전시관을 떠났다.

한참 지나가버린 이 이야기를 다시 떠올린 것은, 요즘 내가 소박하게나마 옛 꿈을 이루게 된 것이 아닌가 하는 생각이 들었기 때문이다. 그렇다, 나는 요새 번역 아르바이트를 한다. 곰곰이 생각해보면 고대문자에 집착하던 어린 시절의 나는 일종의 번역가가 되고 싶었던 것 같다. 그뒤에 가진 꿈인 이론물리학자도 결국은 같은 목적이었다. 나는 우주만물의 법칙을 고도로 정제되고 순수한 형태로, 즉 수학식의 형태로 번역해내고 싶었다. 하지만 내가 수학에 재능이 없다는 사실을 깨달은 다음 그 꿈을 포기했고 어쩌다보니 소설가가 되어 있었다.

소설가가 되는 과정에서 나는 마치 외국어를 배우듯이, 의도적으로 내 모국어인 한국어를 백지 상태에서부터 쌓아올렸다. 왜냐하면 내가 사용하는 한국어가 싫었기 때문이다. 내 한국어가 어설픈 번역어투와, 고루한 일본식 한자들, 그리고 논술식 글쓰기에 의해 더럽혀져 있다고 느꼈다. 깨끗하게 지우고 새로 시작하고 싶었다. 그래서 일부러 더 서툴게 더듬거렸다. 처음 배우는 외국어처럼 생경하고 인위적인 것으로 모국어를 대하기 위해 애썼다. 완벽하게 납득할 수 있는 단어들만으로 문장을 구성했다. 단순하고 쉽게, 거의 모자라 보이게 쓸 것. 그때 나는 이오덕을 좋아했다.

하지만 나의 이런 완고한 태도는 시간이 지나면서, 또 내가 외국어들을 배우면서, 그리고 더 강해져가는 영어 열풍 때문에 의미를 잃고 말았다. 언젠가부터 생활 속에서 얻게 되는 문자 정보의 절반 이상이 영어로 된 것이다. 물론 그건 특별한 일이 아니다. 시내 까페에 나가면 모여 앉은 한국인들이 영어로 대화하는 것을 어렵지 않게 볼 수 있다. 물론 수십년 전에도 영어나 일본어 그리고 한자는 한국어에 큰 영향을 미쳤고, 외국어에 능수능란하면서도 동시에 빼어난 한국어를 사용하는 사람들이 있었다. 그런데 더이상 그런 사람들은 나타나지 않을 것 같다. 그것은 새로운 세대의 무능 때문이라기보다는 제대로 된 한국어라는 상(像)이 더이상 존재하지 않기 때문이다.

언젠가부터 한국어를 듣거나 읽다보면 이 언어가 소통의 도구로서의 역할을 완전히 잃었다는 느낌을 받게 된다. 정도의 차이만 있지, 학술어든 생활어든 정체불명의 케이팝 가사와 비슷해 보인다. 새롭고 이질적인 단어와 표현이 많이 또 빨리 쏟아져들어오는 통에 한국어라는 틀이 그것을 감당해내지 못하고 있다. 의미와 사용법에 합의가 존재하지 않으니 공식적인 발화를 이해할 때에도 눈치와 느낌을 동원해야 한다. 그러니 지금 한국사회에서 소통이라는 것은 초급 영어회화 수업시간 같다.

그러므로 이제부터라도 외국어를 배척하고 순수한 한국어로 돌아가자는 것은 아니다. 오히려 한국어가 결정적인 변형의 순간에 있다는 생각이 들어 흥미롭다. 한국어는 주변부 언어다. 중심부의 언어가 보편성을 사유할 때, 주변부 언어는 그에 대한 탄력성을 발달시킨다. 그런데 오랜 동안 한자문명권의 언어에 대한 탄력성을 발달시켜온 한국어는 영어라는 생경한 언어에 의해 생경한 문제들에 맞닥뜨리게 된 것이다. 만약 먼 미래에도 한국어가 살아남는다면, 그건 지금까지의 한국어와 굉장히 다를 것 같다. 언어는 사고의 방식과 범위를 구획하므로 그때의 한국인들은 매우 다른 식으로 세상을 바라보고 생각할 것이다. 그때 사람들은 지금 이 이상한 시기를 어떤 식으로 기억하게 될까. 얼치기 번역가들의 시대로 여기게 되지 않을까. 이질적인 언어들이 결합하는 순간의 말은 필연적으로 어색한 번역의 형태를 띠게 되므로.

모멸감에 대하여

　　　　　　　　　　　고등학교를 자퇴한 뒤,
다니던 학교에서 멀지 않은 편의점에서 아르바이트를 했다. 마침 봄
이었다. 동갑인 아이들이 새 옷을 입고 대학 캠퍼스를 서성일 때였
다. 나는 고교 중퇴, 시급 천사백원짜리 편의점 알바였다. 어느날 아
침, 편의점에 손님이 끊겨 무료한 시간을 보내고 있는데 문이 열렸
다. 나는 기계적으로 인사를 하며 고개를 들었다. 낯이 익은 남자가
나를 빤히 쳐다보고 있었다. 다니던 고등학교의 체육 선생이었다.
그는 복권을 사러 왔다고 했다. 우리는 별 말을 나누지 않았다. 다만
그때 그가 나를 바라보던 표정이, 무너져내린 빌딩의 잔해를 바라보
는 듯한 그 눈빛이 아직까지도 또렷하다.

　그뒤로 내 삶은 많이 달라졌다. 하지만 이따금 누군가 그날의 체
육 선생 같은 시선으로 나를 쳐다보던 것을 기억한다. 난 모멸감을
느꼈지만 신기하게도 그것 때문에 화를 내본 적은 없다. 게다가 시

간이 많이 흐른 이제는 그런 기억들이 별 의미 없게 느껴진다. 하지만 결과적으로 그동안의 내 삶은 필사적으로 그 모멸적인 시선에서 멀어지려고 애를 쓴 것에 다름 아니지 않은가 하는 생각이 든다. 그저 겉으로 멀끔해 보이도록, 남들이 보기에 부끄럽지 않을 것들을 쌓으려고 노력해온 것뿐이지 않은가? 물론 이제 내 앞에서 그날의 체육 선생 같은 표정을 짓는 사람은 거의 없다. 하지만 나는 계속해서 두려웠다. 내가 쌓아올린 것의 많은 부분이 그저 모래성에 불과하다는 것을 알기 때문에. 그런 생각이 들수록 더 열심히 쌓았다. 그럴수록 더 두려웠다. 종종 궁금해졌다. 애써 쌓아놓은 이 모래성을 파도가 집어삼키면 어쩌나?

확실한 것은, 파도는 결국 온다는 것이다.

내가 늘어놓고 있는 이야기는 사실 특별한 것이 아니다. 한국에서 태어나 살아가는 사람들에게 모멸감은 일상적인 감정이니까. 그것과 관련된 기억이 하나도 없는 사람을 찾아보기 힘들다. 서로 모멸감을 주고받으며, 더이상 모멸받지 않는 위치에 올라서기 위해서 애를 쓴다. 모멸받지 않으려고 공부하고, 성형수술을 하고, 대학에 간다. 모멸당하지 않으려고 연애를 하고, 돈을 쓴다. 다들 그게 자기가 진짜 원하는 것은 아니라고 항변하고 피곤해하고 치를 떨지만 도무지 그 게임에서 빠져나오지 못한다. 인간은 사회적 동물이라서 다른 무엇만큼이나 자기가 속한 집단 내에서의 평판이 중요하기 때문이다. 그런데 한국사회는 구성원에게 요구하는 것이 너무 많고, 그것을 충족시키지 못하는 사람들에게는 가혹하다. 그래서 사람들은 도움을 요청하느니 자살해버린다. 그러는 사이 사람들은 모멸 없는 삶이 뭔지 알 수 없게 되어버린 듯하다. 아니 모멸감 없이는 어떤 것도 할 수 없는 존재들이 되어버렸다.

타인의 모멸 섞인 눈초리에 반응하는 방식으로만 뭔가 할 수 있다는 것은 결국 스스로를 믿지 못한다는 뜻이다. 그리고 모멸감을 통해서만이, 써바이벌 프로그램의 심사자나 독설을 늘어놓는 힐링멘토들처럼, 타인을 움직일 수 있다고 여기는 것은 결국 타인을 전혀 믿지 못한다는 얘기다. 그런 식으로 쌓아올린 것이 위태로운 모래성이 아닐 리 없다. 거리에 늘어선 신식 건물들과 그 안에 속한 사람들의 위태로운 표정이 그것을 보여준다. 그리고 파도는 밀려온다. 우리는 어쩌다 나와 너, 우리를 믿지 못하게 되어버린 걸까.

가족이라는 종교

얼마 전 『대한민국 부모』라는 책을 읽었다. 한국의 중산층 가족들의 삶을 다룬 책인데, 엄마의 외도를 다룬 부분이 특히 흥미로웠다. 일상의 대부분을 남편 내조와 자식 교육에 할애하는 중산층 엄마가 외도를 가족 붕괴의 원인이 아니라 반대로 가족 유지에 필요한 삶의 활력소라고 주장하고 있었기 때문이다. 솔직히 혼란스러웠다. 외도라는 극단적인 처방을 통해서까지 유지하고자 하는 그 가족이라는 게 대체 뭔가? 도대체 가족이라는 게 왜 그렇게까지 중요한가?

곰곰이 생각해보던 나는 가족이라는 필터를 통해서 요즘의 한국 사회를 들여다보면 굉장히 모순적인 결론에 이르게 된다는 것을 깨달았다. 한쪽에서는, 가족은 더욱 강화되고 있는 것처럼 보인다. 티브이 예능은 딸바보 아빠와 훈남 아들들에게 장악되었다. 내가 만나본 많은 젊은이들이 십년 전만 해도 상상할 수도 없었을 정도로 부모와 친밀하게 지낸다. 거의 애인 사이 같다. 게다가 어린 시절부터 대학입시, 취업, 연애, 결혼에 이르기까지 부모의 영향은 절대적이다. 하지만 다른 쪽으로 눈을 돌려보면, 가족은 파탄 난 지 오래다. 살인에 이르는 가족 내 폭력이나 친족 내 성폭행 뉴스는 너무 잦아서 이제는 그 뉴스가 그 뉴스처럼 느껴질 정도다. 한국의 이혼율은 OECD 가입국 가운데서도 상위를 차지한다. 사회면에는 요즘 청년세대는 결혼에도 출산에도 회의적이라는 이야기가 심심치 않게 등장한다.

그런데 이 모순적인 풍경을 다시 한번 들여다보면 하나의 결론에 이르게 된다. 한국은 끔찍할 정도로 모든 것이 가족을 중심으로 돌아간다는 것이다. 마치 나라 전체가 하나의 거대한 가족, 혹은 다수의 가족들로 이루어진 연합체 같다. 가족은 물리적으로 정신적으로 한국인을 지배한다. 그건 그저 특수한 관계일 뿐만이 아니라 우리의 일상을 지배하는 사상이다. 실제로 우리는 친족 간의 호칭을 타인들에게도 아무렇지 않게 사용하고, 그것이 권장되기까지 한다. 아버지 같은, 딸 같은, 식의 수사는 포커게임의 조커처럼 기능한다. 위기에 처한 자식을 구하기 위해 범죄도 마다하지 않는 인물은 영화나 드라마 속에서 크게 환영받는다. 이상한 것은, 이렇게 가족을 신성불가침의 영역으로 다루는 우리 사회의 실제 가족은 살인과 폭력, 강간 등 각종 범죄의 온상인 경우가 드물지 않으며, 많은 사람이 가족으로 인한 크고 작은 상처에 괴로워하며 살아가고 있다는 점이다.

가족 외에 무엇도 지키거나 발전시키지 않은 우리 사회는 바로 그렇기 때문에 현실의 가족 문제에 대단히 무력하다. 그저 망가진 현실의 가족 위에 구닥다리의 가족 사상을 무한하게 덮어씌울 뿐이다. 그러니 우리가 가족을 둘러싼 극단적 판타지와 숨 막히는 현실 사이를 오락가락하는 것은 자연스럽다. 점진적인 부의 증가에 기반을 둔 한국의 중산층 가족 모델은 시효를 다했다. 더이상 그런 식의 가족을 만들 희망이 없음을 깨달은 젊은이들은 결혼을 미루고, 출산을 기피한다. 이렇게 현실에서 가족이 멈추어 섰는데도, 우리는 계속해서 그것만을 바라본다. 우리가 가진 것이, 상상할 수 있고 말할 수 있는 것이 그것뿐이기 때문이다.

그러니까 우리에게 가족이 그토록 중요한 이유는, 외도 같은 극단적 처방을 통해서라도 망가진 가족을 끌어안고 살아가야만 하는 것은, 그 바깥에 아무것도 없기 때문이다. 흔히 피는 물보다 진하다고 한다. 그런데 그 피가 부르는 고통이 너무 많은 것 같다. 가족이 아닌 다른 식의 관계와 세계에 대한 상상이 필요하다.

추억의 습격

윌리엄 포크너의 소설
『음향과 분노』의 등장인물 벤지는 과거 속에서 산다. 그는 정상적인
의사소통이 불가능한 백치로, 겉으로 보면 나이만 먹은 커다란 어
린애나 다름없지만 그가 실제로 살아가는 머릿속 세상은 풍요롭고,
섬세하며, 아름답다. 그것은 과거로 이루어진 세계다. 그에게 현실
은 과거에 대한 기억을 촉발시키는 방아쇠에 더 가깝다. 냄새를 따
라, 풍경을 따라, 사람들이 나누는 사소한 대화를 따라 그는 기억 속
으로 빨려들어간다. 그 기억들의 중심에는 누나 캐디가 있다. 나무
향으로 기억되는 그녀는 벤지에게 유일하게 따뜻하게 대해준 사람
이다. 그녀는 더이상 여기 없지만 기억 속을 살아가는 그에게는 언
제나 거기 존재한다. 그는 현재와 과거가 거미줄처럼 엉겨붙은 어느
이상한 세계를 헤매다닌다.
　기억이란 문제적인 주제다. 우리는 기억에서 벗어날 수 없다. 그

것은 기억이 인간을 구성하는, 혹은 인간 존재를 파악해내는 데 있어 중요한 요소라는 뜻이다. 하지만 동시에 기억에 과도하게 집착하는 것이라면 병으로 분류되기도 한다. 흔히들 쓰는 용어로 트라우마라는 것이 있다. 과거의 충격적인 사건의 기억에서 벗어나지 못하여 현재의 삶이 어려워지고 현실 판단에 문제가 생기는 것을 포괄적으로 가리키는 개념이다. 실연이나 가정 내 폭력에서부터 대형 화재사건이나 전쟁에 이르기까지 우리를 트라우마에 빠뜨리는 재난은 자주 일어난다. 하지만 대부분의 사람은 힘든 일을 겪더라도 어느 시점에 이르면 그 기억을 과거에 두고, 현실로 돌아온다.

어떤 것을 잊고, 또 어떤 것을 기억할 것인가? 확실히 쉽게 잊지 말아야 할 것들이 있다. 하지만 그렇다고 하더라도, 우리는 그 기억과 함께 현재로 돌아와야 한다. 흥미로운 것은, 그것이 나쁜 기억일 때보다 좋은 기억일 때 현재로 돌아오는 것이 더 어려워 보인다는 것이다. 우리를 못박아두는 것이 나쁜 기억일 때, 적어도 우리는 그 기억에서 달아나려고 하고, 또 비판적으로 바라본다. 그런데 누군가의 시간을 멈추게 한 것이 좋았던 기억이라면 반대로 그 기억을 잃지 않으려고, 어떻게든 그 순간에 조금이라도 더 머무르려고 애를 쓰며, 그런 자신에 대해서 크게 문제를 느끼지 않는다. 하지만 집착이 도를 넘어서면 그것이 나쁜 기억이든 좋은 기억이든 상관없이 문제를 일으키게 된다. 어쩌면 나쁜 기억보다 좋은 기억이 더 쉽고 간단하게 한 사람의 인생을 이상한 곳으로 몰고 갈 수 있다. 좋았던 과거 안에 사는 것은 어쩌면 천국보다 달콤할 것이기 때문이다.

　사실 한 인간이 가장 좋았던 과거 속에서 살아가고자 하는 것은 개인의 자유에 속할 것이다. 문제는 그 상상 속의 세계에서 타인들을 바라보고, 세상에 개입하려고 시도할 때 벌어진다. 내밀한 기억에 의거한 허구의 세계를 현실에 건설할 것을 요구할 때, 그런 열망이 집단적인 형태로 표출될 때 어떤 일이 일어나는가. 20세기의 끔찍했던 역사를 잠깐이라도 돌아본다면 그 답을 쉽게 얻을 수 있다. 그런데 지금의 우리는 과거를 교훈 삼아 오류를 반복하지 않을 만큼 성숙해졌는가? 솔직히 잘 모르겠다. 지금은 유명인사가 된 유럽의 좌파 계열 학자들의 인터뷰나 책을 보면, 그들이 60년대를 돌아볼 때마다 문득 꿈을 꾸는 듯한 태도를 취하는 경우를 볼 수 있다. 그것은 한국의 과거 운동권 출신들이 80년대를 돌아볼 때 보이는 태도이기도 하다. 동시에 그것은 과격한 노인들이 박정희와 전두환의 시절을 돌아볼 때 짓는 표정이기도 하다. 혹은 풍요로운 90년대를 향유한 X세대들이 대학 시절을 향수할 때의 제스처이기도 하다. 또는 어느 취업 준비생이 대학교 신입생 시절을 떠올릴 때 나타나는 눈빛일지도 모르겠다. 어쩌면 앳되어 보이는 유부녀가 길가의 여고생들을 바라보며 느끼는 아련한 그리움일 수도 있다. 어쩌면 이 시대를 사는 아주 많은 사람들이 과거에 붙들려 있는 것 같기도 하다. 너무 많은 좋은 것이 과거에 남아 있기 때문이다. 아니 좋았던 것들은 오직 과거에만 존재하기 때문이다.

바보 같다고 느끼지만 떠나보내기 힘든 추억이 나에게도 있다. 그것은 물론 실제로 겪은 일에서 비롯되었지만 시간이 지날수록 기억은 조금씩 변형되어 결과적으로는 현실과 별다른 접점이 없는 이상한 것이 되어버렸다. 하지만 나는 내가 현실에 존재하지 않는 나만의 세계에 갇혀 있다는 사실을 인정하기 힘들다. 왜냐하면 현실에서, 마치 소설 속 벤지처럼, 언제나 나를 추억 속으로 인도하는 수많은 표지판을 발견할 수 있기 때문이다. 그 표지판들을 무심하게 지나치는 것은 불가능하게 느껴진다. 그때의 그 좋았던 느낌과 영원히 함께 머물 수 있다면 뭐든 할 수 있다는 생각이 들 때도 있다.

과거의 그 좋았던 시절, 순간, 그 황홀했던 느낌을 잊기란 어려운 일이다. 하지만 점점 더 나빠져만 가는 세상 속에서, 그 좋았던 과거의 함정에 빠지지 않고 살아나가는 것이 앞으로 우리들에게 매우 중요한 일이 될 수 있겠다는 생각이 든다. 어느날 문득 시대착오적 열망 속에서, 괴물이 되어버린 과거를 현실에 불러들이려는 자신을 발견하게 될지도 모르니까.

망함에 대하여

그림은 늙을 줄 모른다

헨리 제임스의 소설 『여인의 초상』의 주인공 이저벨 아처는 부모를 잃은 뒤 이모 터칫 부인을 따라 영국의 시골 마을로 오게 된다. 권태로운 일상을 보내고 있는 터칫 가 사람들에게 이저벨은 말 그대로 새로운 땅에서 불어온 한줄기 신선한 바람 같은 존재다. 그들은 우아하고 여유로운 삶을 살아가지만, 그 삶은 오래된 성채처럼 생기가 결여되어 있다. 그들은 매력적인 처녀 이저벨을 기꺼이 자신들의 성채에 받아들인다. '호기심 넘치고 생기 가득한, 젊고 아름다운 미국 여성 이저벨 아처'라는 제목을 단 멋진 초상화로서 말이다. 실제로 그녀는 내내 모두로부터 그림 같은 취급을 받는다. 예를 들어, 사촌 랠프는 그녀가 마음껏 근사한 삶을 펼쳐나가는 것을 감상하고 싶다는 욕망으로 그녀를 부유한 상속녀로 만들어준다. 자신만의 '이저벨 아처 초상화'에 사로잡힌 그는 자신의 행위가 문제를 일으킬 것이라고는 꿈에라도 생각하지 않는다.

　문제는 그녀는 아름다운 그림이 아니라 살아 있는 인간이라는 것이다. 근사한 청혼자들이 다가오지만 그녀는 모두 거절해버린다. 대신 그녀가 선택한 것은 정반대의 남자 길버트 오즈먼드다. 그는 가난하고 나이가 많으며 장성한 딸까지 있지만 이저벨은 바로 그런 단점들을 진정한 사랑의 증표로 여기며 주위의 반대를 무릅쓰고 결혼에 이른다.

　얼마 지나지 않아 주위의 우려는 현실로 드러난다. 이저벨의 짐작과는 달리 오즈먼드는 누구보다도 이저벨을 한 폭의 초상화로서 애호했고, 그래서 소유하고 싶어했던 것이다. 사실 그의 비뚤어진 소유욕과 탐미주의를 이저벨은 결혼 전에 충분히 짐작할 수 있었다. 하지만 그녀 또한 자신만의 오즈먼드 초상화에 사로잡혀 진실에서 고개를 돌리고 말았다. 자신의 욕망으로 굴절된 상대를 진짜라 믿으며 상대의 본모습에는 눈을 감아버린 그들의 결혼생활은 당연하게도 불행 속으로 빠져든다. 이저벨은 뒤늦게 자신의 이기심과 순진함을 후회해보지만 이미 늦었다. 설상가상으로 그녀는 오즈먼드의 딸이 그와 자신을 연결해준 멀 부인과의 불륜에 의해 태어난 존재이며, 오즈먼드가 자신의 돈을 노려 계획적으로 접근한 것이라는 이야기를 듣게 된다. 충격에 빠진 그녀는 오즈먼드의 반대에도 불구하고 위독한 사촌 랠프를 보기 위해 영국으로 떠난다.

　소설은 이저벨의 친구 헨리에타의 목소리를 통해 그녀가 오즈먼드가 있는 로마로 되돌아갔다는 사실을 전하며 갑작스레 끝난다. 그녀는 왜 돌아간 것인가? 앞으로 어떤 삶이 그녀 앞에 펼쳐질 것인가?

이저벨이 오즈먼드와 결혼하지 않았다면 어땠을까? 그림 같은 세계 속에서 행복하게 지낼 수도 있었을 것이다. 그것이 선의 넘치는 이저벨의 주변 사람들이 그녀에게서 발견하기를 원하는 그림이었을 것이다. 하지만 그렇다면 그것은 공들여 그린 어떤 명화의 카피본에 불과하지 않았을까? 이저벨은 어딘가 이상하더라도 자신의 삶이 원본이고자 하는 야망을 갖고 있었다.

자신의 야망이 가져온 최악의 결과 앞에서, 이저벨은 미련할 정도로 책임감을 갖는다. 독자와 등장인물들의 기대나 희망과 달리 그녀는 쉽게 오즈먼드를 떠나지 못한다. 그녀의 이 미련함이 의미하는 것은 무엇인가? 그것은 혹시 언제나 변함없는 선의의 태도로 그녀를 대하는, 그녀를 변화시킨 실패의 시간들이 존재한 적도 없다는 듯이, 그녀가 하루빨리 예전의 그녀로 돌아오기만을 기다리는, 아니 그것을 믿어 의심치 않는 주변인들의 선의를 빙자한 욕망의 대상이 되는 것을 거부하고자 하는 의지가 아닐까. "넌 다시 젊어질 거야." 사촌 랠프는 폭삭 늙어버린 것 같다고 한탄하는 이저벨에게 그렇게 말한다. 그것은 감동적인 발언이었다. 하지만 이저벨이 진정 원하는 것은 무지한 젊음의 반복이 아니라, 성숙한 늙음일 것 같다.

도시에서 사람들은 더이상 뛰지 않는다

　　　　　　　　　　　　1959년 개봉한 프랑수 아 트뤼포의 영화 「400번의 구타」는 너무 빠르지도 느리지도 않은 속도로 달리는 자동차의 시점에서 파리의 풍경을 조망하며 시작된 다. 영화가 서사적 측면에서 사고뭉치 앙뚜안의 일상을 다룬다면 시 각적 측면에서 강조되는 것은 속도다. 풍경은 속도에 따라서 다른 식으로 경험된다. 걸을 때와 뛸 때 그리고 자전거를 탈 때와 자동차 에 몸을 싣고 있을 때 거리의 풍경이 각각 다른 표정으로 다가오는 것을 경험한 적이 있을 것이다. 늦은 밤 속도계를 무시한 채 달리는 자동차 안에서 보이는 한강의 풍경과, 월요일 아침 꽉 막힌 출근 행 렬에 끼인 자동차 안에서 바라보는 한강의 풍경은 다르다. 주말, 관 광객들로 발 디딜 틈 없이 메워진 번화가 한복판에서 경험하는 도시 와 평일의 늦은 밤 불 꺼진 주택가 골목길에서 경험하는 도시는 다 르다.

영화 「400번의 구타」가 보여주는 도시의 풍경은 이런 극단적 속도들의 사이 어딘가에 속한다. 그것을 인간의 속도 혹은 인간적 속도라고 지칭할 수 있을 것이다. 실제로 영화는 대체로 뛰어다니는 앙뚜안의 속도를 현실감 있게 담아내는 데 집중한다. 19세기 인상파 화가들이 빛 속에서 시시각각 변화하는 사물들의 모습에 매료되었다면, 60년대 누벨바그 감독들은 도시 속 인물들의 속도, 빨개진 얼굴로 헐떡이며 내달리는 속도에 매료된 것 같다. 관련이 있는지 몰라도 비슷한 시기 나온 장뤽 고다르의 「네 멋대로 해라」의 프랑스어 원제를 한국어로 직역하면 '숨이 찬', 혹은 '숨이 가쁜'이라는 뜻이다. 그 영화 속 인물들 또한 앙뚜안처럼 끊임없이 걷거나 뛰며 도시를 맴돈다. 관객들은 그들의 등 뒤를 바짝 쫓으며 등장인물과 같은 속도로 도시를 경험한다. 그렇게 경험되는 도시 파리는 적당한 속도의 산책과 드라이브가 가능한, 사람들로 적당히 붐비는 공간이다. 물론 그건 이제 영화 속에서나 가능한, 20세기라는 이름의 좋았던 옛 시절에 더 가깝지만.

걷거나 뛸 수 있으며, 적당히 기분 좋은 속도로 드라이브할 수 있는, 너무 텅 비지도 너무 꽉 차지도 않은 거리로 이루어진 이상적인 도시 파리는 더이상 없다. 단지 파리뿐 아니라 현실의 도시에서 더이상 그런 경험을 기대하는 것은 힘들어졌다. 전세계에서 관광객이 몰려드는 대도시에서는 특히 그렇다. 물론 여전히 영화 속 그 파리가 약간은 남아 있을 것이다. 19세기의 건물들, 공원들, 포석이 깔린 뒷골목과 끝없이 펼쳐진 까페떼리아의 파라솔들…… 하지만 그것은 이제 백만장자와 관광객들의 것이다. 집값은 끝을 모르게 오르고, 시내는 밤과 낮을 가리지 않고 터져나갈 듯이 붐빈다. 평범한 도시 사람들에게 앞의 영화들이 보여주는 도시적 경험이란 일상보다 예외적 사치에 가깝다. 물론 그것조차 이제는 빼곡한 CCTV와 구글 스트리트 뷰에 포획된, 24시간 통제되고 관리되는 리얼리티 프로그램 같은 경험에 가깝겠지만 말이다.

한편 시내의 거주지역이 대부분 대형 아파트 단지로 바뀌어버린 서울의 경우, 도시적 경험 자체가 성립 불가능해진 것이 아닌가 하는 느낌이 든다. 한국의 대형 아파트 단지는 인공적으로 조성된 유사 마을-공동체로서 도시 속에 섬처럼 떠 있다. 그런 공간에서 경험하게 되는 삶은 집을 나서자마자 아무런 보호막도 없이 익명의 사람들로 가득한 거리 속에 파묻히게 되는 도심의 삶과 완전히 다르다.

이렇게 도시적인 경험이 불가능해지거나 흔치 않은 특권이 된 상황에서, 도시에 대해 사유하는 것은 대체 어떤 의미를 지니는가? 지난 시기 지식인과 예술가들이 도시를 찬미한 이유는 그것이 가진 해방적인 측면 때문이다. 도시의 익명성, 뒷골목과 샛길이 그것을 상징한다. 도시에서는 존재하지 않는 사람들이 존재할 수 있고, 존재하지 않는 장소들이 끊임없이 재발견된다. 왜냐하면 도시는 늘 사람들로 가득하고, 거리는 자주 바뀌기 때문이다. 하지만 사각지대 없는 CCTV의 감시와, 영원히 지속되는 러시아워와, 감당할 수 없는 주거 비용과, 병원이나 감옥처럼 통제되는 시설들로 이루어진 최근의 도시에서도 우리는 여전히 같은 것을 기대할 수 있는가? 다시 말해, 이 도시는 (여전히) 그 도시인가? 아니라면, 이것은 대체 무엇인가? 우리가 도시 안에서 숨거나 도망칠 권리를 완전히 빼앗겨버렸다면 이제 어디로 가야 하는가?

한때 도시 뉴욕의 삶을 매혹적으로 그려내던 감독 우디 앨런은 언젠가부터 유럽의 도시를 떠돌며 노스탤지어로 가득한 관광영화 같은 것들을 찍고 있다. 왜 뉴욕으로 돌아가지 않는가, 한때 그게 궁금했다. 하지만 이제는 알 것도 같다. 예전과 같은 방식으로 뉴욕 영화를 만든다는 것은 판타지에 지나지 않으며, 요즘 도시의 진실은 백만장자와 관광객들뿐인 것이다. 그런 면에서 최악의 교통체증 속, 좁은 거리에 갇혀버린 고급 리무진 안에서 영화의 대부분이 진행되는 데이비드 크로넌버그 감독의 영화 「코스모폴리스」는 21세기의 도시에 관한 유일하게 말이 되는 영화인지도 모르겠다. 실제 현실 속에서 도시에 있는 사람들은 대부분의 시간을 이동 행위에 소모한다. 도시 안에서 우리는 끝없이 이동하지만, 더이상 자유롭게 걷거나 뛰지 못한다. 끝이 보이지 않는 이동 상태 속에 갇혀 있다. 한때 찬미된 움직임은 이렇게 아이러니가 되어 돌아왔다.

젊음과 자유

처음 텔레비전으로 서태지와 아이들을 본 날을 기억한다. 남자 셋이 나와 뭔지 모르겠는 음악에 춤을 추며 노래를 불렀는데 그게 엄청 좋았다. 넋이 빠진 채 텔레비전을 보고 있는데 부모님이 투덜댔다. 저게 뭐냐, 저게 노래냐. 그렇게 나는 세대 차라는 말을 이해했다. 다음 날 학교에 갔는데 모두가 서태지와 아이들 이야기를 했다. 틈날 때마다 모두가 「난 알아요」를 틀어놓고 춤을 추며 노래를 따라 불렀다. 잘은 모르지만, 세대 전쟁 같은 게 있다면 우리들이 이길 거라 생각했다.

그때 서태지와 아이들은 젊음 그 자체였다. 그 젊음은 무엇보다 자유로웠다. 어떤 유산도 혈통도 물려받지 않은 것처럼 행동했다. 왜 바꾸지 않고 마음을 졸이며 젊은날을 헤맬까. 그 물음 앞에서 나이 든 사람들은 당황했고 젊은이들은 열광했다. 그것은 젊음이라는 이름의 자유가, 혹은 자유라는 이름의 젊음이 이뤄낸 혁명이었다.

그것은 성공한 듯 보였다. 하지만 승리의 순간은 짧았다.

사람들은 늙는다. 서태지도 마찬가지다. 그러나 돌아온 그는 여전히 젊음이 영원할 것을 믿는 듯 보였다. 현실에서 그가 살아가는 시간과, 그가 믿고 있는 시간 사이에 커다란 틈이 생겨버렸다. 그래서인지 그의 음악은 특유의 매력을 잃어갔다. 마치 몸은 다 커버렸는데도 어릴 때의 옷에 억지로 몸을 욱여넣고 서 있는 어른 같았다. 다행히 어느 순간 서태지도 그것을 깨달은 것 같다. 최근의 앨범에서 그는 자신이 더이상 젊지 않음을 고백한다. 자신의 시대가 오래전에 끝났음을 인정한다. 그의 젊은 시절을 여전히 선명하게 기억하는 나에게 그것은 신기하게도 또 슬프게도 느껴진다. 그와 함께 나 또한 나이를 먹었음을 인정해야 하는 것이 서글프다. 하지만 진짜 슬픈 것은 돌아올 수 없는 젊음과 함께 그것의 동반자였던 자유 또한 놓아버린 듯, 아니 그래야 하는 듯 느껴지는 것이다.

사람들이 젊음이 지나가는 것을 애석해하는 가장 큰 이유는 젊음을 포기하는 것이 결국 자유를 포기하는 것을 의미하기 때문이다. 나이 듦, 성숙이란 대체로 사회적 제약을 받아들이는 과정을 뜻한다. 직장을 갖고 결혼을 하고 아이를 낳아 키우는 그런 것들 말이다. 그것은 물론 가치 있는 일이다. 그래서 많은 사람이 그런 의무들을 자유와 맞바꾼다. 혹은 나이가 들수록 깊어지는 고독 혹은 사회적 고립에 대한 공포를 그런 의무들로 무마하려 한다. 결국 젊음과 함께 자유 또한 떠나보낸다. 하지만 자유란 젊음의 다른 이름일 뿐인가?

젊음이 인생에서 가장 빛나는 시기인 이유는 그 시기에는 그저 존재하는 것만으로도 아름답기 때문이다. 일종의 면제 상태, 무죄의 시기. 젊은 시절의 자유란 그런 것이다. 그것은 한 개인의 통제 밖에 놓인 행운이다. 하지만 그런 선물 같은 자유만이 자유인 걸까? 반대로 긴 시간을 통해서, 사회적 속박과 개인의 일차원적 욕망에 함몰되지 않기 위한 노력을 통해 실현 가능한 자유가 존재하며, 그것이야말로 가치 있는 자유가 아닐까? 그렇다면 자유야말로 노인의 덕목이자 성숙의 징표일지도 모른다.

얼마 전까지만 해도 나는 내가 젊다는 사실이 좋았다. 내 반짝거리는 젊음을 돋보이게 할 수 있는 것이라면 뭐든지 목에 두르려고 했다. 하지만 이제는 젊음에 큰 관심이 없다. 물론 이렇게 말하기에 나는 여전히 너무 젊으며 또 오만한지도 모르겠다. 어쨌든 나는 내가 더이상 젊음에 지나치게 몰두하지 않는 것이 마음에 든다. 그동안 나는 젊음이라는 한 종류의 자유에 지나치게 속박되어 있었다. 그래서 그것이 언젠가 사라질 것을 슬퍼하고 또 두려워했다. 하지만 사실 그럴 필요가 없다. 다른 종류의 자유를 찾으면 되니까.

페미니즘에 대하여

어릴 적 스무살이 되면 꼭 하겠다 다짐하던 일이 있다. 머리를 짧게 자르고 핑크색으로 염색한 뒤 페미니스트라고 선언하는 것이다. 시대적인 영향이 컸다. 90년대에는 페미니즘이 유행이었다. 커트머리를 한 당돌한 성격의 여자 의사가 나오는 드라마가 인기를 끌기도 했다. 나는 스스로를 앞서나가는 여성이라 여겼고, 당연히 페미니즘을 적극 옹호해야 한다고 생각했다. 부모님을 따라간 모임에서 한 아저씨가 반여성적인 발언을 했다는 이유로 식사가 끝날 때까지 노려보는 바람에 모두를 난감하게 만든 적도 있다.

하지만 내가 페미니즘에 진짜 관심을 갖기 시작한 것은 10대 후반 남자들과의 관계가 꼬이기 시작하면서부터였다. 나는 그저 친구라고 생각했는데, 상대에게 나는 성적인 대상이라는 사실을 알게 된 몇번의 경험에서 큰 충격을 받았다. 살아 있는 한 인간을 성적인 주체이자 대상으로 생각하는 것은 그때의 나에게는 버거운 일이었다. 물론 대중매체는 성적인 이미지들로 도배되어 있었고, 또래의 아이들은 호기심을 충족하기 위해 어둠의 경로를 헤매고 다녔다. 하지만 죄다 소비적이고 유혹적인 이미지들일 뿐이었다. 10대 후반은 성별을 막론하고 성에 대한 관심이 극에 달하는 시기다. 하지만 존재하는 압도적인 욕망과 그것의 주체이자 대상인 자신, 그런 자신과 관계 맺는 타인들로 이루어진 복잡한 방정식을 어떻게 풀어야 할지 그 방법을 찾을 수가 없었다.

나는 상처받은 자아와 자존심을 치유해보려고 페미니즘에 관심을 갖기 시작했다. 경로는 여자들의 수다들로 가득한 인터넷 세상이었다. 나와 같은 피해자 여성들로 가득한 그 세계에는 남성 혐오의 구름이 희미하게 떠 있었다. 물론 먼 옛날 남녀평등을 위해 삶을 바친 위대한 페미니스트들이 말하고자 한 것이 스스로를 불쌍히 여기고 남자들을 증오하라는 것은 아니었을 것이다. 그러니까 그게 문제였다. 내가 현실에서 접한 페미니즘은 일종의 여성들로만 이루어진 치유공동체 같은 거였다. 여자들로만 이루어진 평화의 세계. 거기서 남성은 배격해야 할 존재였다.

문제는 내게는 성적인 욕망이 있고, 그것은 남성을 향한 것이라는 사실이다. 그 욕망을 제거하는 것은 불가능하다. 나는 결국 그 여자들의 세계에서도 어떻게 내 욕망을 건강하게 풀어나갈지에 대해 배우지 못했다. 남자들을 애정의 대상으로 삼기에, 우리 여자들은 남자들의 세계에서 너무 많은 고통을 받아왔다. 한국에서 여성의 처지는 비참하고, 여성 혐오의 뿌리는 깊기 때문이다. 하지만, 그렇다고 해서 여자와 남자 사이에 높은 담을 쌓고 영원히 서로를 외면할 수는 없지 않은가?

인간들은 성적인 욕망을 갖고 있고, 그것을 충족시켜줄 대상을 원한다. 그 대상에게 자신 또한 욕망의 대상으로서 고려되기를 바란다. 이 욕망을 충족시키기 위해 사람들은 온갖 것을 한다. 물론 사람들이 죄다 24시간 성적인 판타지에만 매몰되어 있는 것은 아닐 것이다. 그러나 알다시피 그 욕망에서 완벽하게 해방되는 것은 불가능하다. 이 모순된 상황을 어떻게 할 것인가?

내가 갈증을 느끼며 그 소박하고 평화로운 여자들의 세계에서 빠져나올 때쯤, 더이상 페미니즘은 인기 있는 주제가 아니었다. 대신 「가십 걸」이 있었다. 좋은 대학교에 가고, 자신을 '명품'으로 가꾸고, 멋진 남자들과 연애 끝에 결혼에 이르는 '완벽한' 삶에 대해 그 드라마는 이야기했다. 「섹스 앤 더 시티」의 캐리조차 개탄할 요즘 여자애들의 세계. 중요한 것은 너와 싸워 이기는 것도, 너와 내가 동등해지는 것도 아닌, 더 나은 너를 골라내 차지하는 것이다. 물론 이 무한 경쟁의 세계에도, 너와 나의 욕망에 대한 이야기는 빠져 있다. 그 이야기가 듣고 싶다.

보이후드의 시간

사전에 따르면 효율성이란 '들인 노력에 비하여 훌륭한 결과를 얻을 수 있는 성질'이다. 따라서 어떤 일에 대해 효율성이 높음을 좋게 치는 것은 상대적인 가치를 보는 것이다. 가장 좋은 결과를 낳는 것과는 상관이 없다. 그러니 별다른 노력을 들이지 않은 변변찮은 결과물도 효율성의 측면에서 보면 훌륭하다고 할 수 있다. 물론 인간이 하는 모든 일에는 한계가 있고, 따라서 어떤 분야에서든 가장 뛰어난 결과물은 가장 효율적인 결과물이라 볼 수 있다. 하지만 모든 일에 처음부터 효율성을 가장 높은 목표와 가치에 두는 것은 세계관의 문제일 것이다.

그렇게 봤을 때 한국은 이 효율성의 세계관과 불화하는 사회다. 끝없이 이어지는 학교 수업, 방과 후 자율학습과 학원으로 이루어지는 학창 시절을 생각해보자. 군대에 간 젊은이들은 이런저런 무의미한 노동에 동원된다. 직장인들의 노동시간도 비현실적으로 길다.

물론 이런 뼈를 깎는 노력 덕에 한국은 잘사는 나라가 되었다. 하지만 가끔 이런 생각이 든다. 200의 노력을 들여서 100의 결과를 뽑아내고, 그것이 국제 평균치보다 조금 높다고 해서, 그것이 그렇게나 좋은 것인가? 그냥 50의 노력을 들여서 40 정도만 해내는 게 낫지 않나?

한식을 요리하다보면, 끝도 없이 손이 가는 것에 감탄하게 된다. 특히 김치 같은 음식을 하려면 엄청난 시간이 필요하다. 물론 그렇게 만들어놓고 나면 좋다. 사서 먹는 것보다 안심이 되고 맛도 있다. 하지만 좀 괜찮은 음식을 먹겠다고 지나치게 노력을 기울이는 것은 아닌가. 그냥 적당한 가격에 적당한 김치를 사 먹는 게 나은 게 아닐까. 물론 요즘엔 대부분의 사람이 김치를 사 먹는다. 하지만 이것은 하나의 상징적인 예이고, 여전히 많은 일들을 무한정의 시간과 손길에 기대고 있다는 생각이 든다.

그것은 인건비가 싸기 때문이기도 하지만 어린 시절부터 뭐든지 많이, 끝없이 하는 것이 가장 좋고 옳다고 배워왔기 때문이다. 효율성을 추구하는 세계관이 모든 것에 한계를 설정하고 또 인정한 상태에서 최대치를 추구하는 것과 달리, 이런 무한정한 투입의 세계관에는 한계가 없다. 하지만 인간에게는 한계가 있다. 일을 너무 많이 하면 죽는다. 실제로 바쁜 직장인들이 과로사하거나 돌연사하는 경우가 많다. 하지만 우리의 '한계 없는' 이 세계관은 이런 '한계'를 인식하기를 거부한다. 많은 사람이 죽음에 대해서 운명론적인 입장을 취한다. 실제로 어떤 사람들은 죽거나 실패하지만 또 어떤 사람들은 살아남아 성취에 이른다. 그렇다면 대체 어떤 사람이 살아남고 어떤 사람이 죽는 것일까? 그것은 정해져 있는가? 그저 운에 따른 것일까? 내가 죽게 될 가능성은 없는 걸까? 이런 문제에 대해서 우리 사회는 구체적인 해결을 방기한 채로 사람들을 종교나 역술인들에게 내몰고 있다.

십년이 넘는 시간이 투입된 리처드 링클레이터 감독의 「보이후드」는 언뜻 보면 우리가 익숙한 무한정의 세계관에 경배를 표하는 작품으로 보인다. 하지만 사실은 긴 세월을 난도질하여 두시간 남짓으로 잘라낸 무자비한 효율성에 그 놀라움이 있다. 관객들은 단 몇 시간을 들여서 한 아이가 사춘기를 거쳐 성인이 되어가는 과정에 참여할 수 있다. 물론 그 효율적인 압축은 깊이나 성숙과는 별 관련이 없다. 많은 세월과 사건을 겪은 주인공의 어머니는, 놀라울 정도로 처음과 거의 똑같다. 이제 대학에 입학한 주인공과 마찬가지로 혼란스럽고, 인생에 서툴다. 단지 시간이 흐른 것이다.

마치 완벽하게 설계된 아이스크림 공장 같다. 매일매일 수만개의 맛있는 아이스크림이 찍혀 나오지만, 생긴 것도 맛도 똑같다. 절대로 달라지지 않으며, 그래야 마땅하다. 미국이 낳은 위대한 비 상업파 인디 감독은 그렇게 자국의 훌륭한 제조업 전통에 찬사를 보낸다. 관객들은 감동한다. 한국인들이 과다한 노동으로 이루어진 피곤한 일상을 노동집약적인 아이돌의 무대로 치유받듯이 말이다.

광신도들

　　　　　　　　　　　지난달 10대 후반의 한
국인이 터키 국경을 넘어 이슬람 무장단체 이슬람국가(IS)에 가담
했다는 소식이 전해졌다. 우리와 아무 관계 없는 먼 곳에서 벌어지
는 일이라고 여겨졌던 중동의 분쟁 사태가 예상치 못한 방식으로 우
리의 현실과 접속되는 순간이었다.

　중동 지역에 기반을 둔 무장단체들 중 일개 분파에 불과했던 IS
가 한국인을 포섭할 정도로 세력을 확장한 것은 불과 일이년 사이의
일이다. 그들은 근본주의 이슬람교를 사상적 기반이자 통치 질서로
삼지만 페이스북이나 인스타그램 등으로 자신들을 알리는 방식에
는 거리낌이 없고, 급기야 전세계의 젊은이들을 유혹해내는 데 성공
한 것이다. 물질적, 정신적으로 마땅히 기댈 곳이 없는 요즘 젊은이
들에게 엄격한 종교적 세계관과 금전적 만족(IS는 포섭된 외국인들
에게 월 800달러를 지급한다고 알려져 있다)을 동시에 주는 IS는 큰

매력으로 다가올 만하다.

그것을 증거하듯 무시할 수 없는 숫자의 젊은이들이 IS로 향하고 있다. 자유주의 사회를 이상적으로 여기는 사람들에게 자발적으로 근본주의 종교의 세계로 향하는 젊은이들은 충격으로 다가온다. 종교로부터, 나아가 모든 억압으로부터 자유로운 상태를 이상으로 삼는 자유주의 세계관도 그러나 모든 것으로부터 자유로울 수는 없다. 자유주의는 신 대신 돈을 토대로 삼는다. 배금주의라는 뜻이 아니라, 자유주의가 작동하기 위해서는 자본주의가 제대로 작동해야 한다는 뜻이다. 그런데 불황과 양극화에 따라 사람들은 그 세계관에 동의해야 할 근거를 잃고 있다. 어떤 사상의 근거가 흔들릴 때, 그 사상 또한 신용을 잃는 것은 자연스럽다. 하지만 한편으로는 그 사상을 열정적으로 신봉함으로써 그 붕괴를 막을 수 있다고 여기는 복음주의자들이 나타나는 것 또한 자연스럽다.

영국의 철학자 존 그레이는 한 인터뷰에서, 현재 유행하는 무신론은 미디어에 국한된 현상일 뿐이며 실제로는 오히려 종교가 전지구적으로 확산되고 있다고 말했다. 확실히 최근 서구 미디어와 인터넷을 중심으로 유행하는 자유주의적인 움직임은, 그 선정성과 과격성에 비춰 볼 때 수세에 몰린 어떤 이념의 신앙화로 느껴진다. 하지만 20세기식 호황을 경험한 기억도 없으며, 당장 팍팍한 현실에 내던져진 젊은이들에게 이들의 복음은 말 그대로 뜬구름 잡는 소리로 느껴질 뿐이다.

터키로 향한 김군이 증오의 대상으로 페미니즘을 거론한 것은 사실 전혀 엉뚱한 것이 아니다. 그가 증오하는 것은 페미니즘의 내용이 아니라, 페미니즘으로 상징되는 무능하고 타락한 옛 세계관이다. '일베'가 민주화 등의 가치를 조롱하는 것과 비슷한 맥락이다. 그들의 눈에는 자유와 평등을 부르짖는 기성세대야말로 시효가 지난 지난 시대의 이념을 설파하고 다니는 비이성적인 광신도들인 것이다. 이들 입장에서는 차라리 진짜 신도로 거듭나는 것이 이성적인 행동이다.

같은 맥락에서 '샤를리 에브도 사건'을 이슬람 문명의 서구적 가치에 대한 공격으로 보는 것은 지나치게 순진한 시각이다. 『샤를리 에브도』는 한물 간 주간지였고, 테러범들은 프랑스에서 자라난 프랑스인들이었다. 그들은 자유주의적 가치의 현실적 무능함에 절망하여 그 대안으로서 근본주의 종교를 택한 것이다. 물론 그것의 결과는 끔찍한 비극이었다. 만약 그들에게 다른 정치적 대안이 있었다면 그것을 택했을 수도 있다. 하지만 우리는 그런 것을 만든 바 없다. 남은 것은 맹목적인 믿음뿐이다.

옛것은 사라졌는데, 새것은 오지 않았다. 생각하고 말하고 행동하는 것들의 바닥이 무너져내린 허공과 같은 세계를 우리는 살아가고 있다. 어쩌면 세상은 이미 우리의 상상 이상으로 종교화되어버린지도 모른다. 모두가 각자의 신을 믿으며 살아가고 있다. 서로가 서로의 신을 배척하며, 서로가 서로를 광신도라 비웃는다.

21세기의 삶과 죽음

런던에 와 있다. 오년 만이다. 오년 전 내가 받은 런던에 대한 인상은 허영심에 가득 찬 노인 같다는 것이다. 죽어야 한다는 사실을 잊은 듯이, 혹은 잊고 싶은 듯이, 이미 오래전에 자신의 것이 아니게 된 젊음에 몰두하는 욕심쟁이 부자 늙은이. 그런 식의 늙은이들을 본 일이 없어서 신기했다. 나에게 익숙한 늙음은 지하철 1호선과 종로3가의 늙음이다. 가난이라는 운명을 벗어날 수 없는 늙음, 무료급식소를 찾아 행진하고, 동물원의 늙고 무기력한 오랑우탄처럼 지하철역 앞 광장에 꼼짝 않고 앉아서, 그저 시간이 흐르기를 기다리는 그런 늙음.

한국에 있을 때 가던 동네 커피숍에서는 지하철역 앞 광장이 내려다보였다. 비가 내리던 어느 일요일 오후, 잠깐 비가 그친 틈을 타서, 노인들이 하나둘씩 광장으로 모여들었다. 그들은 하염없이 무엇인가 기다렸다. 이따금 박수를 치며 노래를 부르기도 했다. 얼마 뒤 양복 입은 한 남자가 다가와서 검은 비닐봉지에 든 뭔가를 노인들에게 나누어주었다. 그제야 나는 교회에서 주일을 맞아 노인들에게 간식을 나눠주러 나온 것임을 깨달았다. 먹을 것을 받아든 노인들은 순식간에 사라졌다.

양차 세계대전이 끝나고 번영이 찾아왔을 때 사람들은 모든 것이 끝없이 좋아질 것이라고 생각했을지도 모르겠다. 그 시절 인간 수명의 연장은 영생을 향한 멋진 꿈이었고, 실제로 대부분의 사람이 늙고 병들어도 죽지 못하게 되었을 때 어떤 일이 벌어질지 전혀 예측하지 못했다. 아니 그 문제에 대해서 진지하게 생각해보지 않았다는 쪽에 더 가까울 것이다.

어린 시절의 막연하고 낭만적인 상상과 달리, 지금 시대에 오래 사는 것은 많은 경우 축복보다는 저주에 가깝다. 하지만 안락사 논란을 통해 알 수 있듯이, 우리에겐 평화롭고 자발적인 죽음의 자유 또한 아직 멀리 있다. 사실 서구에서 자살에 대한 부정적인 시선은 기독교 문화에서 비롯된 것이다. 그리스 로마 시대에 자살로 생을 마치는 것은 꽤 자연스러운 일이었다. 나도 어린 시절 우아한 자살로 생을 마감하는 로마 귀족들의 이야기를 읽고, 동경의 마음을 품은 적이 있다. 왜 나의 죽음을 스스로 선택해선 안되는가? 어차피 죽음 뒤엔 아무것도 없다. 왜 삶 자체에 대해서 그만, 충분하다고 말해서는 안되는가?

물론 대부분의 사람은 그저 늙어가는 것을, 천천히 죽어가는 삶을 택할 것이고 그것은 문제가 없다. 내가 말하고 싶은 것은, 생명의 끝없는, 맹목적인 연장은 우리 인간들이 현실에서 더 나은 삶을 살게되는 것과는 별 상관이 없다는 것이다.

요즘 젊은이들은 쉽게 죽지 못하는 삶이 얼마나 끔찍할 수 있는지잘 안다. 그들은 미래를, 얼마나 계속될지 모르는, 얼마나 많은 비용이 들지 모르는 미래를 걱정한다. 이런 상황은 사람들이 아이를 낳는 것을 부정적으로 생각하게 만든다. 하나의 생명을 책임진다는 것의 부담이 점점 더 커져가는 것이다. 하지만 좀더 생각해보면 삶이무거워질 때 사람들은 좀더 신중하게 살아가게 되고, 그것은 좋은일이 아닐까? 지구상에 인간은 이미 충분히 많다. 너무 많아서 해가될 정도다. 기술의 발전으로, 우리가 필요로 하는 노동력의 규모도점차 줄어가고 있다. 실업률의 증가는 어떤 식으로도 막을 수 없을것이다. 즉 인간들이 지금보다 더 늘어나야 하는 이유는 전혀 없다.출산율 저하는 자연스럽고 긍정적인 현상이다. 아무리 생각해도 인구 규모를 유지해야 하는 이유는, 국가 간 세력 다툼에서 우위를 점하기 위해서뿐인 듯하다. 한데 우리는 갈수록 국가가 평범한 사람들의 삶과 아무 상관 없이 돌아가고 있는 것을 안다. 현실의 나라들은더이상 대책 없이 태어나고 죽어가는 평범한 사람들의 삶에 관심이없다. 권장되는 삶과 죽음의 형태를 따르지 않는 것에 죄책감을 가질 필요가 없다. 그러니 원하는 삶을 살자. 더 가치 있는 삶도, 덜 가치 있는 죽음도 없다.

$$\frac{0}{4}$$

우리들

세계가 일련의 의미 없는 파국으로 이루어진
악몽으로 변해가는 것을 중단시키기 위해서라도,
우리는 동물이 되어가는 서로를
구원해야 한다.

조커의 미소

'자유의 나라에 오신 것을 환영합니다.' 이제는 할리우드 영화에서도 듣기 힘든 이 느끼한 멘트를 미국에 갔을 때 실제로 들어본 적이 있다. 마침 부시정권 시절이라 좀 우스웠는데 사실 그럴 처지가 아니었다. 국가보안법이 건재하는 내 나라보다는 현정부의 외교정책을 비판하는 다큐멘터리를 수출해서 엄청난 돈을 벌어들이는 감독을 가진 그 나라가 확실히 좀더 자유로워 보였던 것이다.

사실 미국이 가진 '자유의 나라'라는 이미지는 여전히 제3세계 사람들에게 거부하기 힘든 매력이자 미국의 체제 우월성의 상징이다. 히피들의 쌘프란시스코와 앤디 워홀의 뉴욕은 레닌그라드와 집단농장으로 상징되는 쏘비에뜨 연방에 대항해 전세계에 미국적 질서를 홍보하는 가장 쿨한 팸플릿이었다. 물론 나는 미국이 자랑하던 자유라는 이미지가 오로지 냉전시대 체제 경쟁의 도구로 이용하기 위해서 만들어진 사악한 이데올로기에 불과하다고 생각하지는 않는다. 하지만 재밌는 건 90년대 초 공산권의 붕괴 이후 미국이 설파하는 자유의 위상과 색채가 미묘하게 달라지기 시작했다는 거다. 9·11테러 이후의 미국을 생각해보면 그 차이는 더 확연해진다. 한마디로 미국은 더이상 이 멋진 개념을 자국의 공식적 이미지로 사용하고 싶지 않은 것 같다. 대신 미국이 원하는 건 안전이다. 80년대 위험한 지역으로 악명이 높던 뉴욕 맨해튼의 남동부 지역에는 전면 금연을 실시하는 쾌적한 술집들이 길게 늘어서 있고, 감시카메라가 빼곡한 거리는 밤 열두시가 넘어 여자 혼자 돌아다녀도 아무 문제가 없을 정도로 안전하다. 하지만 여전히 불충분하게 생각되는지 공항의 보안 검색은 날이 갈수록 까다로워지는데 사람들은 복잡한 안전 수칙을 별 불평 없이 따른다. 미국인들은 더이상 비트닉 소설의 주인공들처럼 돈도 계획도 없이 고속도로 한복판에서 히치하이킹을 할 정도로 순진하지 않다. 「CSI」와 같은 인기 높은 범죄 수사물은 우리가 사는 곳이 얼마나 위험한가를 끊임없이 상기시킨다. 예측 불가능한 모든 것은 호기심이 아닌 공포의 대상이다. 그리고 그 공포가 현실화되는 것을 막기 위해 사람들은 기꺼이 부자유를 감수한다.

그런데 이건 단지 미국에서만 일어나는 일이 아니다. 고향인 미국에서 위험물로 낙인 찍힌 자유는 이제 다른 곳에서도 더이상 환영받지 못한다. 자유란 더이상 멋지고 신나는 게 아니다. 불길한 것, 위험한 것, 해로운 것이다. 그렇다면 이제 자유는 어디에 있는가? 바로

우리들

아프가니스탄에 있다. 혹은 내전 중인 아프리카에 있다. 아니면 아시아에서 온 테러리스트의 옷에 감춰진 폭탄, 분노로 가득한 고등학생이 든 총, 그리고 영화 「다크나이트」의 조커가 짓는 미소에 있다.

「다크나이트」의 조커는 정말이지 요즘의 사람들이 두려워하는 모든 것을 모아 인간의 형태로 빚어놓은 듯한 인물이다. 사람들이 그를 두려워하는 건 예측도 이해도 불가능하기 때문이다. 누구도 그를 모른다. 무슨 생각으로 무엇을 왜, 하려는지 추측할 근거조차 없다. 왜냐하면 그는 이름도, 소속된 곳도, 일정한 거주지도, 심지어 입고 있는 옷의 상표조차 없기 때문이다.

무엇보다 내 흥미를 끄는 건 상표 없는 옷이다. 범죄 수사극에서는 종종 범죄자가 사들인 상품을 통해 그 범죄자를 찾아내는 장면이 나온다. 그게 가능한 이유는 자본주의 사회에서 상품은 구매자에 대해 말 그대로 '말해주기' 때문이다. 그런데 조커에게는 바로 그 요소가 빠져 있다. 우리는 그에 대해서 도저히 알 수가 없고, 그게 조커가 가진 힘의 핵심이다. 악당들과의 거래로 받은 돈에 불을 지르는 유명한 장면을 떠올려보자. 왜 그는 거물 악당들도 저지르지 못하는 짓을 서슴없이 저지를 수 있는가? 아니 왜 거물 악당들은 조커처럼 행동하지 못하는가? 왜냐하면 그들의 최종 목적은 돈이기 때문이다. 그들은 돈을 가장 가치 있게 여기고, 그 돈을 위해서 일한다. 따라서 체제의 입장에서 볼 때 그들은 근본적으로는 위험하지 않은 존재다. 하지만 조커는 다르다. 그는 댓가로 받아낸 돈을 미련 없이 불태워버린다. 그는 게임의 룰에 관심이 없다. 단지 자신의 욕망 — 세계가 불타는 것을 보고 싶다 — 을 이루기 위해 행동한다. 어쩌면 그가 증명하려는 것은 사람들이 자연스럽게 받아들이는 이 게임 자체가 인공물에 불과하다는 것, 따라서 여전히, 그리고 앞으로도 계속해서 체제 내로 환원되지 않을 욕망이 존재한다는 것, 그리고 그것을 제대로 이용한다면 아주 약간의 힘으로도 세상을 완전히 뒤바꾸어놓을 수도 있다는 것인지도 모른다. 물론 그가 바란 것은 최악의 변화였지만 말이다.

현실의 조커들이 우리에게 반복해서 증명해내려는 것도 결국 같은 것이다. 그들은 경제학 교과서에서 끝도 없이 강조하는, 인간은 합리적이고 효율적인 동물이라는 명제를 온몸으로 부정한다. 그들은 이익이 아니라 신념 — 그게 얼마나 바보 같은 것이든지 간에 — 에 따라 행동한다. 그리고 그게 목이 마른 사람은 한잔의 물을 마시기 위해 천만원이라도 지불할 거라고 주장하는 합리주의자들을 공포에 빠뜨린다. 어떤 사람들은 돈을 가득 쌓아두고도, 물을 마시는 대신 목이 말라 죽는 편을 택한다.

여기까지 읽고 어떤 사람들은 내가 순진한 망상에 빠져 테러리스트들을 미화하려는 것이 아닌가 생각할지도 모르겠다. 하지만 내가 말하려는 것은 그 이상이다. 아니 내가 진짜 궁금한 건, 왜 이런 엄청난 힘과 가능성을 지닌 인물이 조커처럼 추하고 끔찍한 괴물 같은 악당으로 그려져야 했는가다. 그리고 그의 위험함은 왜 하필이면 상표 없는 옷이나 돈을 불태우는 장면 따위를 통해 묘사되어야 했나. 그건 자본주의체제가 자신의 내부로 수렴되지 않는 다른 것에 대해서 갖는 공포를, 다시 말해 체제가 가진 아킬레스건을 보여주는 것이 아닐까. 만약 그렇다면, 지금보다 나은 세계를 바라는 한 사람의 입장에서 조커의 그 섬뜩한 미소를 좀더 자세히 들여다볼 필요가 있다고 생각한다. 조커의 미소에 놀라 굳어버리는 우리들은 겁에 질려 진정한 가능성을 혼란과 파괴로 오해하고, 일시적인 평화를 위해서 기꺼이 외부의 권위에 복종하는 오판을 저지르고 있는지도 모른다. 그렇다면 우리에게 필요한 건 늘어선 감시카메라에 자신의 운명을 맡기는 게 아니라 공포의 실체와 대면하는 게 아닐까. 조커의 일그러진 미소에서 왜곡되어버린 자유와 저항의 가능성을 발견할 때, 비로소 고담 시는 공포에서 벗어날 수 있을 것이다. 그러니 필요한 건 배트맨 같은 어둠의 기사도 하비 덴트 같은 거짓 영웅도 아니다. 더 많은 안전과 그 안전을 위탁할 권위도 아니다. 필요한 것은 두려워하지 않는 응시다. 그것만이 우리를 진정 자유롭게 만들 수 있다.

우리들

사회적 변화는 예외를 풍부하게 한다. 이것을 경제적 차원에서 말해본다면 갑작스러운 번영 혹은 불황은 양극단을 제외한 사람들을, 즉 중산층을 일대 혼란에 빠뜨린다고 할 수 있다. 이런 시기, 자신이 처한 경제적 위치와 정신적 위치가 모순되는 인간들이 다량으로 발생한다. 상류층이 웬만한 위기를 견뎌낼 부를 축적하고 있거나, 하류층이 어떤 번영이나 쇠퇴에 아랑곳없이 운명적인 가난에 허덕이는 것과 반대로 중산층은 시대의 경향에 가장 취약한 계층이다. 번영기의 혜택을 가장 집중적으로 입은 중산층은 마찬가지로 불황기의 타격 또한 정면으로 받는다. 몰락 속에서 그들은 지금까지 살아온 나와 앞으로 살아갈 나 사이의 분열, 혹은 현실과 이상의 괴리에 맞닥뜨리게 된다. 그들은 쉽사리, 아마도 평생 자신들의 몰락을 인정할 수 없을 것이다. 왜냐하면 그들의 정신은 이미 형성되어 있기 때문이다. 한번 형성된 세계관은 쉽게 바뀌지 않고 한 인간의 일생을 지배하게 된다. 즉 그들이 스스로의 위치를 허심탄회하게 받아들이게 되는 것은 그들의 자식세대에나 이르러서일 것이라는 얘기다. 갑작스러운 번영이 천박한 (혹은 활력 있는) 몰취향적 문화를 만들어낸다면, 이런 쇠퇴의 시기에는 퇴폐한 (혹은 병적인) 심미적인 문화가 발달한다. 이것의 예로서 우리는 취향은 좋지만 가난한 요즘 젊은이들을 발견할 수 있다.

이들은 자신들의 고급한 취향의 원인이 되었던 물적 토대가 사라진 상황에서, 그 사라짐을 외면하기 위해(왜냐하면 자신이 계급적으로 추락했다는 사실을 받아들일 수가 없기 때문에) 취향에 집착한다. 베블런이나 부르디외를 언급하지 않더라도, 취향만큼 첨예하게 계급적 특성을 반영하는 척도는 없다. 현시대 고급취향에 대한 감수성은 서구적인 미감에 대한 반복되는 훈련 없이는 성립 불가능하고, 그것은 시간과 자본의 투자를 통해 가능하다. 이들은 부모의 자본, 일정 정도의 외국어 구사 능력, 노동으로부터의 해방에서 비롯된 여유시간 등을 통해 상대적으로 고급한 취향을 갖는 데 성공했다. 하지만 이렇게 앞 세대에 비해 급격하게 높아진 문화적 수준을 가진 이들이 자라나면서 깨닫게 된 것은 자신들의 취향을 유지할 물적 토대를 유지하는 게 불가능해진 현실이다. 이런 상황에서 생각보다 많은 이가 현실에 굴복하는 대신 자신의 정신적 욕구를 채우기 위해서 경제적인 사각지대로 자발적으로 내몰리는 선택을 감수한다.

물론 이런 독특한 삶의 방식이 만연하는 것은 지금의 한국만이 아니다. 그것은 서구에서는 좀더 완화된 형태로 일종의 대학생 문화로서 장기간 유통되어왔으며, 극단화된 형태를 공황 시기 영국이나 프랑스, 낭만주의 시기의 독일, 혁명 전야의 러시아에서도 발견할 수 있다.

취향 형성의 원천인 경제적 풍요로움을 상실한 이들은 어쩌면 그렇기 때문에 부를 직접적으로 드러내는 취향을 극단적으로 혐오한다. 이들은 자신들이 스스로의 존재 안에서 경제적 계급과 정신적 계급을 분리해내는 것에 성공했듯이, 혹은 그렇기 때문에 취향에서 경제적 측면을 완벽하게 분리해낼 수 있을 거라고 생각한다. 하지만 앞에 적었듯이 이들의 이원화된 존재양식은 자의에 의해서가 아니라 불황이라는 사회적 변화에 의해서 촉발된 것이다. 이들은 취향이라는 상처를 정신에 새긴 채로 추락한 것이다. 이들의 취향에 대한 광적인 집착은 외부의 변화에 의해 촉발된 자기분열을 덮어보려는 일종의 방어기제라고 할 수 있다.

하지만 조금만 생각해보면 명품에 집착하는 가난한 여대생과 카드 빚을 내서 뉴욕행 비행기 티켓을 끊는 궁핍한 젊은이가 똑같은 전략을 구사하고 있다는 사실을 짐작할 수 있다. 다른 점이 있다면 명품에 집착하는 가난한 여대생이 원래부터 가난한 계급 출신일 가능성이 높다면(혹은 좀 덜 세련된 문화적 배경을 가진, 다시 말해 부모의 문화적/경제적 자본이 낮은) 세련된 문화상품에 집착하는 취향 좋은 젊은이는 원래는 중산층 출신일 가능성이 높다. 그렇다면 이들이 푼돈을 모아 루이뷔똥 가방을 사는 가난한 여대생에게 갖는 경멸감은 사실은 일종의 계급적 경멸이 아닐까?

아르바이트를 하거나 몇달치 월급을 쏟아부어 명품가방을 구입하는 여자는 홍대 앞보다는 압구정을 선호할 것이다. 그녀가 뉴욕에 간다면 그녀의 목표는 5번가이지 브루클린이 아니다. 그녀의 취향은 그녀의 계급상승에 대한 욕망을 직설적으로 투영한다. 그리고 그것은 그녀가 자신의 위치와 욕망을 은유적 방법을 통해서 넌지시 드러내는 법을 배우지 못했다는 것을 뜻한다. 이 부분이 바로 취향 좋은 젊은이들의 야유를 사는 부분이다. 그들은 그녀가 든 백만원짜리 못생긴 가방이 바로 아름다운 것과 돈의 관계없음을 보여준다고 생각할 것이다. 하지만 그것이 실제로 증거하는 것은 그녀가 취향을 세련된 방식으로 드러내는 법에 익숙하지 않다는, 즉 제대로 훈련받지 못했다는 사실뿐이다.

상대적으로 세련된 취향의 젊은 여성들은 같은 명품 브랜드라고 해도 비교적 과시적이지 않고 고상한 디자인의 잇백들에 관심을 갖는다. 명품 브랜드들이 매 씨즌 출시하는, 일이백만원 정도면 구입 가능한 (다시 말해 한달 월급 정도면) 잇백들은 바로 이들, 취향이 좋지만 경제적으로 빠듯한 젊은 여성들을 타깃으로 한다. 비슷한 계층을 타깃으로 하는 다른 분야의 브랜드도 비슷하다. 비싸도 백만원을 넘지 않는다. 매 씨즌 새로 출시되는 전자기기들의 가격도 아슬아슬하게 이들이 감당할 수 있는 최대치에 걸려 있다. 그 정도의 돈이라면 급하게 친구에게 빌리거나 현금써비스를 받아서 충당하고 한두달 아르바이트를 통해서 메울 수 있다. 하지만 사야 할 신상품은 계속해서 나타나고 그래서 지속적인 허덕임에(하지만 진짜 돈이 없어 굶어 죽는다거나 혹은 사채를 빌려서 자살한다거나 하는 식의 극단적인 상태에는 이르지 않는) 시달리게 된다. 이런 식의 소비의 덫은, 딱 굶어 죽지 않을 정도의 월급만이 주어지는 노동의 덫과 결합되어 삶을 지배하게 된다.

　한때 멋지고 세련된 미래를 꿈꾸었으나, 이제는 취향 좋은 가난뱅이에 불과해진 이 젊은이들은 현재 자신들의 삶의 수준을 유지하기 위해서라면 기꺼이 미래를 포기할 준비가 되어 있다. 이들의 삶을 힘겹게 하는 현실의 사태는 ① 기적(궁극의 에너지원이 발견된다거나, 외계식민지를 개척한다거나 등등) ② 전쟁 ③ 급진적인 정치운동 없이는 변화되기 어렵다. 하지만 그 변화가 가능하다고 해도, 이들이 그 변화의 주역이 되기는 힘들 것이다. 왜냐하면 이들은 자신들만의 폐쇄적이고 심미적인 세계에서 빠져나오지 못할 것이기 때문이다. 심미적인 세계관에 사로잡힌 채 세계에서 격리된 채로, 우리들만의 탁월하게 심미적인 승리에 취한 채로, 그 승리를 매일 그리고 주말, 거리와 해안가, 콘서트홀과 페스티벌, 소규모 갤러리와 까페에서 반복할 것이다. 그들이 결코 행동에 나설 수 없을 것이라 확신하는 것은 어떤 정치적 행동도 그들의 미학적 기대를 충족시킬

우리들

정도로 아름답지 않을 것이기 때문이다. 그러니 궁지에 몰린 이들은 조용히 멸종해버리거나 가장 아름다운 정치적 스펙터클을 보여주는 자들, 다시 말해 파시스트들을 선택할 가능성이 높다. 만약에 이들이 혁명을 일으킨다 해도, 몰취향한 사람들과의 연대가 불가능할 것이기 때문에 그 혁명은 절대 이들보다 낮은 자들을 고려할 수 없을 것이다.

무엇을 할 것인가

최고은의 죽음에 부쳐

1

잠에서 깨어나 습관처럼 스마트폰을 만지작거리다 그녀의 죽음에 대한 소식을 접했다. 여전히 반쯤 잠에 취해 침대에 누워 있던 나를 사로잡은 것은 슬픔도 분노도 절망의 감정도 아니었다. 그것은 차라리 싸늘하고 단순한 명제에 가까웠다. 네가 하는 일이 너를 죽일지도 모른다. 그것은 지나치게 극적이며 비현실적인 문장이었다. 그런데 그 극적이며 비현실적인 명제가 현실 자체가 되는 상황을 나는 마주하고 있었다. 아니 영화 같다고 치부하며 외면하던 현실이 방문을 부수고 들이닥친 것에 가까웠다. 나는 그것을 인정하고 싶지 않아서 차라리 웃을까 했다. 그럴 수밖에 없었던 건 객관화하기 힘들 정도로 그녀가 가깝게 느껴졌기 때문이다. 그녀와 나는 둘 다 여자였고, 부유하지 않았고, 글을 쓰는 사람이었다. 같은 학교를 다녔고 같은 수업을 들었다. 방에서 나온 나는 어머니에게 소식을 전했다. 그녀가 시니컬하게 말했다. "너도 집에서 나가면 그렇게 될지 몰라." 약간의 과장이 섞여 있었지만 부정할 수 없는 사실이었다. 정말이지 우리는 너무 가까이 있었다.

2

스무살 안팎으로 돈에 굉장히 쪼들리는 생활을 했다. 감기에 걸려도 아픈 게 문제가 아니라 약값이 문제였고 생리가 다가오면 생리통이 아니라 생리대를 살 돈이 걱정이었다. 돈을 벌고 싶어도 10대 후반의 고등학교 중퇴생이 할 수 있는 일은 뻔했다. 뻔한 일들을 닥치는 대로 했다. 시간당 천오백원을 받고 사장에게 성희롱을 당하며 돈까스집에서 일하기도 했다. 대학에 들어가서도 상황은 비슷했다. 아니 더 악화되었다. 왕복 네시간이 걸리는 통학시간과 많은 과제와 빡빡한 수업 내용 때문에 아르바이트를 할 수 없었기 때문이다. 한동안 지하철 차비를 치르면 점심을 굶어야 하고 점심을 먹으면 지하철에 무임승차해야 하는 상황이 지속되었다. 모든 게 돈이었다. 연애는커녕 친구를 만나기도 힘들었다. 하지만 따지고 보면 최악의 상황은 아니었다. 국립학교라 학비가 쌌고 학비를 대주고 밥을 주는 부모가 있었고 잠을 잘 방이 있었고 글을 쓸 컴퓨터가 있었다. 그런 최소한의 물적 기반이 없었다면 나는 무작정 방에 틀어박혀 원고지 수십장에 달하는 긴 글을 써댈 수 없었을 것이다. 아니 그런 엄두도 내지 못했을 것이다. 그런 상황이 나아진 것은 소설가로 데뷔를 하고 나서였다. 난 무엇보다도 내가 돈을 벌게 된 것에 그러니까 내가 앞으로 굶어 죽지 않을 가능성이 커졌다는 사실에 기뻐했다. 소설가 타이틀을 얻었다는 사실보다 상금을 탔다는 사실이 더 중요했다. 육체노동으로 돈을 버는 것에 비하면 글을 쓰는 것은 쉬웠으니까. 확실히 식당에서 열두시간 동안 써빙을 하거나 화장품 공장에서 하루 아홉시간씩 화장품 뚜껑을 끼우는 것에 비하면 하루에 원고지 수십장을 쓰는 건 별게 아니었다. 게다가 내가 쓰고 싶은 걸 쓰는 거니까. 그리고 모두가 회피하는 단순 노동과는 달리 소설이 잘 팔리면 선망의 눈길을 받거나 유력 일간지와 인터뷰를 하거나 사회명사가 될 가능성도 있지 않은가?

3

이런 내 과거는 내가 예술학교와 예술계의 지배적인 분위기에 위화감을 갖게 하는 원인이 되었다. 나는 끝내 예술이 위대하다거나 고귀하다는 명제를 지지할 수 없었다. 경제적 궁핍을 경험해본 나에게 그 명제는 너무 순진하게 느껴졌다. 아주 초기부터 창작에 필요한 물적 기반을 확고하게 느낄 수밖에 없었던 것이다. 물론 나는 남들에 비하면 정말이지 운이 좋은 편이다. 글을 쓰고 돈을 떼먹힌 적도 없고 몇번의 지원금도 받을 수 있었고 비교적 '젊은' '여자'라는 사실이 나의 궁핍함에 대한 사회적 비난의 강도를 약화시켜주었다.(물론 그것이 결국 나에게 더 커다란 제약으로 다가온다는 걸 알지만.) 그래서 졸업하고 이년 가까이 아슬아슬하게 전업작가의 길을 걷고 있다. 하지만 내가 벌어들이는 돈은 내가 제대로 독립적인 삶을 살아가는 데 턱없이 부족하기 때문에 많은 것을 포기하고 있다. 일년에 몇차례씩 말 그대로 잔고가 0원으로 떨어지는 일이 벌어지고, 앞으로 결혼을 하거나 애를 낳아 키울 수 있을지도 모르겠다. 여전히 부모의 신세를 지고 있는 점이 스스로를 위축시킨다. 한가하게 이러고 있을 때가 아니라 뭘 해서라도 돈을 벌어야 한다는 생각이 든다. 하지만 다시 한번 말하지만 나는 운이 좋은 경우다. 그래서인지 가난의 지긋지긋함을 알고 있음에도 불구하고 아직은 타협할 생각이 없다. 물론 이것은 예술에 내 삶을 바치겠다는, 예술을 향한 낭만적인 도피의 제스처가 아니다.

오히려 나는 앞에서 말한 것처럼 정반대의 입장에 있었다. 경제적 현실, 즉 물적 조건이 예술보다 힘이 세고 중요하다고 생각했다. 그래서 나는 예술학교 시절 내내 세련된 취향을 가진 동료 예술가 지망생들에게 맞서 우스꽝스러워 보일 정도로 대중문화를 옹호했고 현대예술의 부르주아적인 성격에 비난을 퍼부었다. 삶과 문학 사이에서 회의하다가 결국 문학을 떠나버리는 극단적 선택을 한 문학가들을 옹호했다. 난 도무지 예술을 긍정할 수가 없었다. 그것은 내가 글 따위 세상에 아무짝에도 쓸모없는 걸 팔아먹으며 살아가고 있다는 죄책감으로 이어졌다. 아무리 생각해봐도 글이 아니라 좀더 가치 있는 일, 예술이 아니라 평범한 노동을 해서 살아가야 할 것 같았다.

그런데 한편 바로 그렇기 때문에, 평범한 노동이 얼마나 고된지 경험해봤기 때문에, 더욱 나는 그런 일을 할 자신이 없었다. 나는 한편으로는 한여름 숨 막히는 돈까스집 주방에서 설거지를 하던 때로 돌아갈까 두려워하며 거기에서 멀어지려 애를 쓰고, 또 한편으로는 힘겨운 그런 단순 노동을 제외한 모든 노동을 한가하고 배부른 일이라면서 비난하고 있었던 것이다. 내내 나는 극단적인 두 입장 사이에서 오락가락하며 이것 아니면 저것을 택하라고 스스로에게 양자택일을 강요했다. 이런 내 태도가 예술을 삶보다 우위에 놓는 예술지상주의자들과 정반대로 삶을 예술보다 우위에 놓으며 예술을 폄하하는 일종의 반예술주의적 태도라는 걸, 결국 두 태도가 동전의 양면에 다름 아니라는 걸 깨달은 것은 얼마 전의 일이었다. 나는 친구에게 지금까지 적은 나의 고민을 두서없이 털어놓고 있었다. 친구는 화가였고, 생활비를 벌기 위해 일을 하고 있었다. 가만히 내 말을 듣고 있던 친구가 말했다. "그런데 나는 그림을 그리는 것과 일을 하는 게 같다고 생각해." 그 말을 듣고 나는 망치로 한대 얻어맞은 느낌이었다. 그동안 내가 얼마나 유치한 관념에 사로잡혀 있었는가 깨닫고 부끄러웠다. 그렇다. 나는 은연중에 예술과 노동을 분리한 다음 우열을 정하여 편 가르기를 하고 있었던 것이다. 그렇다. 글을 쓰는 것은 설거지를 하는 것에 비해 더 낫거나 더 못할 것이 없었던 것이다. 이것이 낫다 저것이 낫다 하는 건 결국 사람들에 의해, 그러니까 사회적으로 결정되는 일일 뿐이다. 나는 바보같이 사회가 나에게 강요하는 편견에 사로잡혀 갈팡질팡하고 있었던 것이다. 그것을 깨닫게 되고 나서 나는 비로소 내가 글을 쓴다는 것에 대한 부끄러움을 버릴 수 있었다. 그리고 삶에 절망하여 예술로 도피하는 태도와, 예술에 절망하여 예술을 떠나버리는 태도 모두가 똑같이 순진한 태도라는 것을 비로소 이해할 수 있었다.

문제는 나 혼자 그 진리를 깨닫는 것으로는 부족하다는 것이다. 작년에 여행을 마치고 한국으로 돌아오는 길의 일이었다. 퉁명스러운 유럽 공항의 상점 점원들과 달리 한국 공항의 점원들은 몹시 친절했다. CCTV가 달린 편의점에서 일해본 적이 있는 나는 점원들의 친절함이 불편했다. 한편, 중년의 여성 청소부는 화장실에 숨어 음료수를 마시고 있었고, 식당 점원은 커튼에 가려진 부엌 입구에 선 채로 허겁지겁 어묵을 삼키고 있었다. 나는 의문에 빠질 수밖에 없었다. 도대체 누가 당당하게 탁자에 앉아 어묵탕을 먹는 나와 주방에 숨어 어묵을 입에 쑤셔넣는 저 사람을 같다고 보겠는가? 누가 이런 광경에서 우열을 읽어내지 않을 수 있겠는가? 우리 모두는 우리들의 의도와는 달리 끊임없이 분류되고 위치 지어지고 있었다. 어떤 것은 천하고 어떤 것은 고귀하다. 어떤 것은 가치 있는 일이고 어떤 것은 무가치한 일이다. 계속해서 우열을 가르는 사회구조가 존재하는 한 나 자신이 좀더 선해지는 것과는 관계없이 차별적인 게임은 계속될 것이고 거기에 속해 있는 나는 때와 장소에 따라 약자와 강자의 위치를 바꿔가며 누군가를 착취하거나 착취당하며 부끄러워

하거나 절망할 수밖에 없을 거라는 사실을 나는 그날 또 한번 깨달았다.

4

인터넷에서 이어진 조영일과 김영하의 논쟁을 관심을 갖고 지켜보고 있다. 그것은 단순히 비평가와 예술가의 논쟁이 아니라 오래전부터 계속되어온, 그리고 앞으로도 끝나지 않을, 예술을 둘러싼 두 가지 양립 불가능한 입장 간의 서로의 존재를 건 대립에 가깝다. 조영일의 입장은 예술을 사회적으로/역사적으로 형성되는 것으로 바라보는 쪽에 가깝고 김영하의 입장은 좀더 예술의 순수성을 옹호하는 입장이다. 어떤 입장을 취하건 사실 그건 각자의 문제이고 비난할 일이 아니다. 하지만 문제는 예술을 둘러싼 두 입장이 양립 불가능하다는 것이고 따라서 논쟁은 필연적이다. 그리고 나의 입장은 조영일 쪽에 더 가깝다. 그 이유는 첫째로 예술을 과잉되게 옹호하는 것은 과잉되게 폄하하는 것과 마찬가지로 현실을 왜곡되게 바라보는 태도인데 나는 예술가라면 더욱더 현실을 있는 그대로 투명하게 바라봐야 한다고 생각하기 때문이다. 둘째는 저렇게 예술의 순수성을 옹호하는 태도 자체가 하나의 입장에 불과한데 그것이 강력한 지배적인 이데올로기가 되어 이 시대의 예술과 예술가에게 오직 자신의 입장을 따르기를 강요하고 있다고 판단되기 때문이다. 실제로 나는 문화예술 영역에서의 포스트모더니즘 사조를 예술을 오직 예술의 자리에 머물기를 강요하는, 예술을 끝없이 낭만화하는 현대의 예술적 경향이라고 생각한다.

　예술의 가치를 극단적으로 옹호하는 입장의 기원은 독일의 낭만주의 운동으로까지 거슬러올라간다. 그것은 당시 독일의 상황과 긴밀하게 연관되어 있다. 계몽주의의 세례를 받아 새로운 방식의 교육을 받은 일군의 젊은이들이 출현했지만 그들은 사회적 여건으로 인해 현실사회에 진출할 통로가 차단되어 있었다. 하여 많은 똑똑한 젊은이들이 절망하여 예술(문학)로 도피했다. 다른 모든 가능성이 차단되어버렸으므로 그들은 더욱더 예술을 칭송하고 낭만화하며 그것의 순수성을 옹호했다. 나는 같은 상황을 민주화 이후 환멸과 냉소가 지배적인 정서가 되어버린 한국의 90년대 문학에서, 혹은 점점 더 귀여운 키치가 되거나 텅 비고 세련되어지기만 하는 당대 미술의 경향에서 발견한다. 예술이 오직 예술 자신만을 반복해서 호명하는 것은 그 예술이 속한 사회의 상황이 그만큼 막다른 곳에 닿았다는 사실을 말해주는 것이다. 현실에서 가능성을 잃고 절망한 예술은 현실 저 너머로 눈을 돌린다. 사회적 자살자가 되어버린 예술가들은 현실과의 끈을 잃어버린다. 그들은 그들만의 아름답고 순수한, 따라서 더없이 자폐적이고 자멸적인 왕국으로 떠난다. 어쩌면 그것은 몹시 아름다울 것이다. 하지만 아무리 생각해도 그것은, 절망을 향해 가는 자기도취적 운동에 다름 아니며 그것은 내가 예술에서 기대하고 추구하는 것이 아니다.

다시 말하지만 예술에 관한 순수주의적 입장은 예술에 대한 여러 입장 중 하나에 불과하다. 위대한 예술이 탄생하는 수많은 배경 중 하나에 불과하다는 것이다. 지금까지 남아 있는 많은 예술작품 중에 그 입장에서 탄생된 작품은 일부에 불과하다. 바흐는 왕과 교회를 위해서 작곡했다. 발자끄와 도스또옙스끼는 빚을 갚기 위해 썼다. 많은 위대한 화가들은 귀족과 부르주아의 청탁을 받아 그림을 그렸다. 쏘비에뜨 연방에서는 명백히 정치적인 목적으로 위대한 영화가 만들어졌고, 반대로 미국에서는 명백히 상업적 목적으로 위대한 영화가 탄생했다. 물론 내가 예술가의 내밀한 예술혼을 부정하는 것은 아니다. 오히려 그 반대다. 나는 위대한 예술이란 예술가의 내밀한 예술혼과 예술가가 처한 현실 상황 사이의 긴장에서 촉발된다고 생각한다. 그것은 초월적 욕망과 세속적 욕망의 경계에 위치한다. 예술이란 미학과 정치, 아름다움과 윤리, 부자가 되고 싶은 욕망과 시대를 초월한 위대한 예술을 만들어내고 싶은 욕망 사이의 투쟁의 장에 다름 아니다. 이 양립 불가능한 모순적인 욕망과 상황 간의 투쟁을, 적대를, 긴장을 소거해버린 예술이 도착하게 되는 곳은 아마추어들의 소박한 자기위안이나 무미건조한 관제예술 혹은 세련된 문화상품의 세계다. 앞에 적은 예들이 단지 그렇고 그런 국가나 자본의 꼭두각시 혹은 왕이나 교회의 선전물의 세계에서 위대한 예술의 세계로 도약한 것은 바로 예술가가 가진 현실적 제약조건과 본인의 예술적 야망 사이에서의 치열한 고민과 투쟁이 있었기 때문이다. 위대한 예술은 다른 모든 것에 대한 미적인 것의 무한한 승리를 뜻하지 않는다. 오히려 그것은 미적인 것과 다른 것들 사이에서 벌어진 처절한 투쟁의 실패의 기록에 가깝다. 그리고 예술은 그 실패를 발판 삼아 자신의 가능성의 범위를 확장해나간다. 그것이 우리가 예술의 역사에서 발견하게 되는 유일한 진리다.

5

그러니 무엇을 할 것인가. 내가 하는 것이 나를 죽일 수도 있다는 절망적인 현실에 맞닥뜨린 우리 예술가들이 택해야 하는 길은 무엇인가. 예술로의 더 급진적인 도피, 그리고 그 과정에서 어쩔 수 없이 종종 발생할 안타까운 희생에 대한 아름다운 애도인가? 더없이 절망적인 상황에서 비명같이 탄생하게 될 예술의 가능성만이 남아 있나? 우리에게 남은 길은 오직 그것뿐인가? 아니 그렇지 않다. 그것은 예술을 둘러싼 오직 하나의 입장에 굴복하는 것이다. 여전히 다른 선택지들이 남아 있다. 그중 하나는 삶과 예술 모두를 포기하지 않는 것이다. 이미 지난 세기, 버지니아 울프는 『자기만의 방』에서 예술가에게 필요한 것은 타오르는 예술혼 이전에 그 예술혼을 지속적으로 불태울 돈과 자기만의 방이라고 말한 적 있다. 흔히 우울하고 예민한 여성 예술가의 대명사로 불리는 그녀지만 한편으로는 창작 작업의 물적 기반에 대해 냉철한 인식을 갖고 있었다. 그렇다. 예술가는 별난 종족이 아니다. 다른 모든 인간들처럼 먹고살 돈이 필요하다. 이런 필요에 대한 요구가 예술을 천박하게 만들지는 않는다. 버지니아 울프는 노골적으로 액수까지 제시하며(500파운드) 글을 쓰려면 돈이 필요하다고 말하는 평범한 생활인이었지만 동시에 위대한 예술가였다. 이 예를 우리에게 적용하면 이렇다. 국민소득이 이만 달러에 달하지만 자기가 하고 싶은 일을 하다가는 굶어 죽을지도 모르는, 엉망진창의 이 사회의 일원인 우리들이 문화예술계의 말도 안되는 관행에 맞서 목소리를 높이고 투쟁한다고 해서 예술가들의 순수한 창작욕이 타락되거나 고갈되지 않는다는 것이다. 아니 오히려 새로운 예술의 발판이 될 수 있다. 지독한 절망만이 예술의 탄생 요건은 아니다. 예술혼에 불타는 미친 예술가는 예술가에 대한 하나의 이미지일 뿐이다. 다른 예술은 가능하다. 패배가 아니라 승리에 대한, 환멸이 아니라 가능성에 대한 예술은 가능하다. 물론 그러기 위해서는 많은 실패가 필요할 것이다. 그리고 그 실패는 각자 골방에 갇혀 순수하고 자폐적으로 창작욕을 불태우는 식으로는 불가능하다. 지금 우리 예술가들에게 필요한 것은 더 강한, 절대 패배하지 않는 자의식이 아니라, 오히려 자의식 전체를 뒤흔드는 투쟁이다. 그 투쟁은 예술 안과 밖에서 동시에 이루어져야 한다. 그렇다. 왜 우리는 예술과 삶 둘 중에 하나만 택해야 하는가? 이건 삶에 예술을 저당잡히라는, 장사꾼이 되어 예술을 팔아먹으라는 말이 아니다. 오히려 예술을 위해 삶을 희생하고, 혹은 살아남기 위해 예술혼을 팔아먹어야 하는 냉혹한 현실과 맞서 싸워야 한다는 것이다. 삶과 예술 어느 것도 포기하지 않아도 되는 기반을 마련하기 위해서 왜 예술가는 지금 당장 나서면 안되는가? 왜 예술가는 오직 예술가여야 하는가? 우리가 예술가이기 전에 인간이라는 사실을 받아들이자. 예술가는 다른 사람들보다 뛰어나게 다른 것이 아니라 다른 사람들과 동등하게 다르다는 사실을 받아들이자. 이런 소박한 진실에서, 그리고 이런 소박한 진실을 왜곡하는 것들과의 투쟁 속에서 위대한 예술이 탄생할 수 있음을 믿자. 내가 하는 일이 나를 죽이는 것이 아니라 살릴 수 있다는 가능성을 믿고 그것의 실현에 나서야 한다. 그것은 개인들 각자의 패배가 정해진 외로운 싸움이 아니라 신뢰를 바탕으로 한 개인들의 연대를 통해 가능할 것이다. 그것을 해내는 것이 죽은 그녀에게 살아 있는 우리가 보일 수 있는 최대한의 예의일 것이다.

너드의 시대

언젠가부터 평범한 삶과 예술가적 삶을 구별할 수 없게 되었다. 예술가를 벤치마킹할 것, 다시 말해 삶의 심미화, 그것은 70년대 이후 자본주의체제의 생존 전략이자 동시에 그 체제에 속한 사람들의 생존 전략이기도 했다. 어떤 이들은 이런 변화의 중개자로 60년대 서구사회에서 벌어진 광범위한 문화운동을 지목한다. 그것은 68년 파리의 대학을 점거한 학생들이기도 하고, 쌘프란시스코를 마약으로 물들인 히피들이기도 하다. 그 원인과 결과에 관한 지겨운 논쟁의 답이 무엇이든, 시간이 흘러 이제 예술가적 삶의 태도는 시대정신이 되었다. 모두가 창의력과 창조성에 대해 떠든다. 성공하기 위해서는 작품에 몰두하듯 일에 미치라고 한다. 유행에 민감한 패션 브랜드들은 상점과 갤러리를 합쳐버렸다. 영국의 한 패션 브랜드는 한국의 인디문화를 지원하고, 삼성은 미술관을 지었고, 서울은 디자인 도시가 되었다. 모든 게 더할 나위 없이 예쁘고 또 세련되다. 그러니까 우리는 마침내 천국에 도착한 것인가?

카라따니 코오진은 한 책에서 그것의 기원을 보는 것은 그것의 끝에 이르러서라고 쓴 적이 있는데, 미적인 것의 완벽한 승리로 보이는 동시대의 풍경을 바라볼 때 비슷한 생각이 든다. 아름다움에 잠식된 세상 풍경이 보여주는 건, 아니 그것에서 이상함을 느끼고 그 기원을 더듬는 나라는 존재 자체가, 이 흐름이 끝에 다다랐다는 것을 보여주는 게 아닐까? 그렇다면 우리는 이제 어디로 향하는가에 생각이 미쳤을 때 나는 영화 「쏘셜 네트워크」를 떠올렸다.

「쏘셜 네트워크」의 성공은 확실히 모호한 데가 있다. 물론 그 영화는 객관적으로 잘 만들어졌다. 하지만 광범위한 찬사 속에서 상을 거머쥘 만한 작품인가 질문했을 때 아무래도 석연치 않은 구석이 있다. 사실 이 영화에는 일반적인 관객들이 극장에서 기대하는 요소가 별로 없다. 주인공이 드라마틱한 천재인 것도 아니고 치명적인 매력의 여자가 등장한다거나 가슴을 찌르는 로맨스가 등장하는 것도 아니며 인간성에 대한 날카로운 성찰이 있는 것도 아니다. 오히려 정반대다. 별다른 극적 요소가 없다는 것이 이 영화의 가장 큰 특징처럼 보인다. 다시 말해 이 영화는 깔끔하게 잘 만들어진 페이스북 웹사이트와 비슷하다. 물론 그 안에 갈등과 긴장이 없는 것은 아니지만 그건 그저 찌질한 너드들의 다툼 차원 이상으로 가지 않는다. 사실 이 영화를 보고 드는 감상 중 하나는, 혹은 우리가 깨닫게 되는 허무한 진실은, 아 우리가 정말로 별거 아닌 찌질한 애송이 너드 자식이 만들어낸 세상에서 살고 있구나, 혹은 그런 세상에 살게 되겠구나 하는 것이다. 물론 이미 우리는 충분히 방구석에 처박힌 너드 천재들이 만들어낸 세상에서 살고 있다. 하지만 요즘이 전과 다른 것은 그들이 만들어내는 가치, 그들이 세상을 바라보는 방식과 삶의 태도가 예술가적 삶의 태도를 밀어내고 지배적인 것으로 자리잡는 과정에 있는 것으로 느껴진다는 것이다. 실제로 빌 게이츠가 우리의 삶을 상당 부분 뒤바꿔놓았지만 그가 가장 잘나가던 시절 그의 삶으로 '윈도우 95' 같은 영화를 만들어 인기를 끌지는 않았다. 사실 「쏘셜 네트워크」의 가장 놀라운 점은 갭 티셔츠에 슬리퍼 차림의 후줄근한 너드를 화면으로 옮겨와 이런 자가 할리우드 상업영화의 주인공이 될 자격이 있다며 뻔뻔하게 설파했다는 점, 그리고 그게 정말로 먹혔다는 점이 아닐까.

같은 감독이 만들었고, 이 영화와 비슷하게 한 시대의 공기를 잘 담아낸 영화 「파이트 클럽」을 「쏘셜 네트워크」와 비교해보면 그 차이가 확연하게 느껴진다. 「파이트 클럽」을 한마디로 정리하자면 이렇다. 세계 멸망과 여자친구. 좀더 알기 쉽게 말해서, 세계 멸망의 중심에서 (나는) 여자친구를 만들(겠)다. 이것은 90년대 일본에서 유행한 세까이계 만화의 전형적인 플롯 구성으로, 거대한 파국을 배경으로 이야기가 펼쳐지지만 핵심 내용은 여자친구와의 로맨스라는 사소한 사건인 것이 이 장르의 특징이다. 「파이트 클럽」도 마찬가지다. 현대 소비주의 자본주의체제 아래에서의 개인 소외, 무정부주의 따위의 굵직한 주제를 다루고 있는 듯하지만 사실 영화의 중심축은 주인공과 말라 싱어 사이의 로맨스다. 찌질한 루저에 다름 아니던 주인공은 극을 통과하며 성장한 것으로 보인다. 하지만 솔직히 달라진 것은 여자친구가 생긴 것 하나뿐이다. 영화의 마지막 장면, 창밖을 가득 메운 빌딩숲이 무너지는 가운데(세계의 멸망), 주인공과 말라 싱어는 손을 잡는다. 이 인상적인 결말은 흥미롭게도 「에반게리온」 극장판의 결말과도 겹친다. 지구는 멸망했다. 남은 것은 주인공 신지와 아스카뿐이다. 둘은 멸망한 세계를 배경으로 접촉한다. 물론 그 접촉이 목 조르기라는 점에서 좀 독특하지만 말이다.

세계의 멸망과 여자친구라는 이 아이러니한 조합의 유행을 어떻게 보아야 할까? 너무나도 커다란 것과 너무나도 사소한 것이, 압도적인 외부와 내밀한 감정이 직접적으로 연결되는 것은 부조리하다. 하지만 바로 그것이 그 시기 젊은이들의 정조, 요즘은 흔해진 표현인 '중2병'식 세계관이었다. 그들은 아직 현실을 파악하고자 하는 욕망을 버리지는 않았지만, 그들 앞에 펼쳐진 개입이 불가능할 만큼 견고하고 복잡화된 외부세계는 초현실적으로 느껴질 뿐이다. 하여 그것은 압도적인 파국, 초현실적인 폭력을 통해서만이 변화 가능한 무엇으로 느껴진다. 그 안에서 유일하게 살아 있는 듯 보이는 것은 한 여자애다. 결국 가능성은 그 여자애와의 로맨스로 압축된다. 그것은 싱거울 정도로 단순한 세계관이지만, 이 소년들이 아직은 현실에 대한, 타인에 대한 관계 맺기의 가능성을 포기하지 않았다는 것을 보여준다. 하지만 2000년대의 이야기를 다룬 「쏘셜 네트워크」의 세계로 오면 그런 식의 중2병적 열망은 더이상 존재하지 않는다. 연애는 더이상 중요한 관심사가 아니다. 물론 관심이 아예 없다고 할 수는 없지만, 관심의 성격이 다르다. 즉 이 영화의 주인공은 여자친구를 만들기 위해서 자기를 변화시킬 필요를 느끼지 못한다. 영화를 거치며 「파이트 클럽」의 주인공은 어쨌든 약간은 변했다. 하지만 「쏘셜 네트워크」의 마크 주커버그는 시작할 때와 끝날 때 완전히 똑같은 인간이다. 그는 페이스북을 만들었고, 부자가 되었고, 유명인사가 되었고, 인터넷 세계의 근본적 흐름을 바꾸어놓았다. 하지만 그 모든 사건은 그라는 인간 자체에는 아무런 영향을 끼치지 않았다. 그는 여전히 시작할 때의 바로 그 찌질한 너드다.

—

많은 사람이 「쏘셜 네트워크」를 할리우드 영화의 관습을 잘 따른 웰메이드 영화라고 말한다. 하지만 이 영화가 관습적이라고 말하는 것은 90년대 모던록 음악에 대해서 이건 비틀스와 똑같다고 말하는 것과 비슷하다. 그러니까 그건 당연하지만 바로 그렇기 때문에 의미가 없는 이야기다. 중요한 것은 이 영화가 어느 지점에서 정통적 서사와 어긋나 있으며, 어떤 식으로 21세기의 새로운 시대정신과 접속되어 있는가이다. 다시 말해 이 영화를 매력 있는 천재의 성공기를 다룬 기성품이라고 말하는 것은 결국 이 영화에 대해서 아무 말도 하지 않은 것과 같다.

이 영화가 가진 2000년대적인 특성, 다시 말해 이 영화가 비영웅물이자 반서사물이라는 것은 마크 주커버그라는 캐릭터가 극에 큰 비중을 차지하고 있다는 것과 아무런 관계가 없다. 아니 오히려 변변찮은 인간이 그 변변찮음을 그대로 간직한 채로 한 영화의 핵심부를 차지하고 있다는 것에 주목해야 한다. 그 변변찮음은 스파이더맨 씨리즈의 피터 파커로 대표되는 소시민적이고 반영웅적인 영웅이 가진 소박함과 다르다. 영웅이란 무엇인가. 그것은 일단 천재와 다르다. 물론 대체로 영웅은 천재성을 갖는다. 하지만 그 천재성은 영웅에게 아킬레스건으로 작용한다. 즉 영웅의 핵심은 그가 엄청난 능력을 타고난 동시에 그 엄청난 능력을 무력화시킬 결함 또한 타고났다는 사실에 있다. 사실 그가 타고난 능력이란 근대적 의미에서의 천재성과 전혀 다른 것이다. 그것은 어떤 개인이 소유한 독특한 능력이 아니라 가문 혹은 운명을 통해서 물려받은 힘이다. 영웅은 운명적으로 능력을 타고나는데 또한 운명적으로 약점을 타고난다. 그래서 그는 운명에 맞선다. 그렇다. 영웅은 기본적으로 운명을 거스르는 인물이다. 즉 반시대적인 인물이다. 한편 마크 주커버그는 아무것에도 포함되지 않는다. 그는 타고난 능력, 타고난 결함, 반시대적 정신, 셋 중 하나도 소유하고 있지 않다. 그는 천재랄 수는 있다. 어떤 점에서 그런가 하면 시대정신을 기가 막힐 정도로 잘 읽는다는 점에서 그렇다. 한마디로 그는 트렌드를 읽을 줄 안다. 그러나 그뿐이다. 또하나 마크 주커버그와 전통적 영웅이 구별되는 지점은 그가 타고난 천재적인 후각이 그의 일반인으로서의 찌질함과 대비되거나 장애가 되는 요소가 아니라는 것이다. 그런데 솔직히 그의 입장에서 보면 찌질한 것이 하나도 없다. 그는 모든 상황에서 지극히 합당한 선택을 했을 뿐이다. 단지 구시대적인 혹은 인간적인 시선으로 바라봤을 때 비열하거나 궁상맞거나 처량해 보일 뿐이다. 한마디로 그를 바라보는 관객의 시선이 그를 찌질하게 만드는 것이다.

그런데 감독과 각본가는 왜 그렇게 많은 사실들을 바꿔가면서까지 마크 주커버그를 극단적으로 단순한 인간으로 만들었을까? 아마도 그들은 어떤 생생한 인물보다는 시대정신을 응축한 보편적인 상징으로서의 한 인물을 그려내고 싶었던 게 아닐까? 실제로 영화 내내 그는 한명의 인간이라기보다는 걸어다니는 하나의 공학정신, 혹은 살아 움직이는 실리콘밸리의 상징처럼 보인다. 인맥이라는 가장 인간적인 것을 완벽하게 공학적으로 환원해버리는 틀을 만들어낸 인간을 그런 식으로 묘사하는 것이 꽤 합당하게 느껴진다. 물론 영화 중간중간 개입되는 구세대적인 비애감(트렌트 레즈너의 음울한 음악과 함께), 아아 이런 세상이 오고 말았군, 하는 한탄의 정서가 느껴지지 않는 것은 아니다. 하지만 감독은 사적인 감정을 효과적으로 통제했다. 즉 그는 끝까지 자신이 뭘 하고 있는지를 잊지 않았다. 하여 영화는 우리에게 닥친 새로운 시대를 보여주는 데 성공했다.

사실 내가 우울해지는 것은, 이 영화를 통해서 표현되는 시대정신이라는 것이 자멸적으로 느껴지기 때문이다. 구글, 애플, 그리고 페이스북으로 상징되는 최근의 인터넷 세상은 윈도우와 익명게시판으로 상징되던 지난 시대의 인터넷과 다르다. 페이스북은 나와 전혀 다른 타자를 친구로 만들 수도 있다는 인터넷이 가진 익명적 가능성과 정반대에 놓여 있는 플랫폼이다. 그건 나와 비슷한 세계, 비슷한 계급적 위치에 속한 자들을 끊임없이 내 주변에 불러 모은다. 그건 오프라인 세계의 나를 적나라하게 반영한다. 그것은 칵테일파티의 세계 속, 다분히 속물적인 부분의 나다. 물론 전혀 알지도 못하는 수십만명의 친구를 갖게 될 수도 있다. 내가 이미 유명인사라면 말이다. 그러니 그건 친구라기보다는 팬이며, 수치로 환산된 현실 사회 속 나의 영향력이다. 페이스북은 현실 속 나의 어떤 부분을 끊임없이 인터넷 세계로 환원시킬 뿐, 그 자체를 통해서 어떤 새로운 것도, 즉 나의 어떤 새로운 가능성도 생성하지 못한다. 페이스북은 나의 모든 부분을 끊임없이 교환 가능한 객체들의 조합으로 환원시킬 것을 요구하는데 그것은 정말이지 검색엔진과 자본의 욕망에 부합하는 것이다. 한마디로 나는 판매 가능한 상품들의 집합에 가까워진다. 어쩌면 이 시대 가장 적합한 인간의 모습은 상품으로 빽빽하게 채워질 준비가 된, 깨끗하고 텅 빈 진열대 같은 건지도 모르겠다.

—

지금까지 내가 적은 것에 대해서, 이제 아티스틱한 것이 쿨한 시대가 가고 너드스러운 게 쿨한 시대, 기크-시크geek chic의 시대가 왔다고 말하는 것은 틀렸다. 너드한 것이 멋있어 보일 때는 그게 아직 지배적인 것이 되지 않았을 때, 그것을 추구하는 것에서 어떤 충격 효과가 남아 있을 때의 이야기다. 하지만 영화 「쏘셜 네트워크」의 시대, 스티브 잡스가 애플 컨퍼런스에서 늘어놓는 말들과 마크 주커버그의 성공담이 평범한 사람들의 길잡이가 되는 이 시대에 사람들은 쿨해지기 위해서가 아니라 생존을 위해 너드가 될 것을, 즉 세상과 자신을 구글 검색엔진과 페이스북 페이지의 눈으로 바라볼 것을 강요당하고 있다. 최근까지 사람들이 생존을 위해서 더 창의적이고, 더 심미적인, 예술가와 같은 존재가 되기를 강요당했던 것처럼 말이다. 시대정신이란 그런 것이다.

우리들

공백으로서의 청소년

1

지난가을 몇가지 사건으로 인해 인간관계에 지쳐버린 나는 세상이 커다란 초등학교에 다름 아니라는 결론에 도달했다. 그도 그럴 것이 어린 시절 어른의 삶과 사회생활에 대해서 품고 있던 막연한 환상이 막상 나이를 먹고 어른이 되어보니 번번이 박살이 났던 것이다. 사회에 나와 마주친 어른들은 나이와 상관없이 초등학생 시절의 정신 상태에서 벗어나지 못한 것처럼 보였다. 겉보기에 멀쩡하고 명성이 높을수록 더 그랬다. 약간의 차이들은 있었지만 그것은 각자 다닌 초등학교의 특성과 그때 어떤 초등학생이었는지에서 비롯되는 것처럼 보였다. 만사에 시니컬해진 나는 종일 집에 틀어박혀 「퀸카로 살아남는 방법」이나 「클루리스」 같은 틴 무비, 혹은 「가십 걸」이나 「오렌지 카운티의 아이들」 같은 청소년들의 삶을 다룬 미드를 보며 이런 전형적이고 유치하기 짝이 없는 이야기들이 얼마나 현실을 빼다 박았는지 거듭 감탄했다. 현실이 드라마보다 얄팍했던 것이다.

내가 이렇게 얄팍한 회의주의에 빠져 잉여롭게 시간을 죽이는 동안, 한편에서는 무서운 10대들의 이야기가 매스컴을 가득 채우기 시작했다. 엄마를 죽인 고3, 친구를 물고문한 중학생들, 성추행을 저지르는 초등학생들, 개를 연쇄 도살한 고등학생들 등등 하나같이 자극적인 이야기였다. 하지만 별로 흥미가 느껴지지 않았을뿐더러 사람들의 호들갑이 새삼스럽게 느껴졌다. 미성년들의 충격적인 비행은 내가 어릴 때부터 매스컴의 단골 소재였다. 내가 어릴 때에도 온갖 놀라운 일들이 학교의 안과 밖에서 일어났다. 술 마시다가 술집에 불이 나서 타 죽은 고등학생들이 있었고, 임신을 해서 점점 불러오는 배로 몇달간 체육복 바지만 입고 다니다 사라진 여자애도 있었고, 퍽치기를 해서 소년원에 간 남자애들도 있었고, 성적 비관으로 자살한 중학생이나 고등학생도 끊이지 않았으며…… 교실에는 왕따가 언제나 한두명씩 있었고, 남자 여자 가리지 않고 깡패처럼 패고 다니던 교사나 학생도 모자란 적이 없었다. 성추행하는 교사도 흔했다. 초등학교 시절, 부임한 지 한달 만에 학생들에 의해 쓰레기통에 머리통을 처박힌 교사도 있었는데 요즘 같으면 인터넷이 난리가 났을 것이다. 그렇다. 한국의 학교는 오래전부터 엉망진창이었다. 이 문제를 골똘히 생각하다보면 생각의 범위는 학교를 벗어나게 되는데, 왜냐하면 이 모든 것이 한국사회가 가지고 있는 문제들의 축소판이기 때문이다. 그런데 한국사회의 문제는 시간이 갈수록 악화되고 있으니 요즘의 아이들이 내가 학교 다닐 때의 아이들보다 더 악랄한 일을 벌이고 다닌다 해도 그것은 자연스러운 결과로 생각될 뿐 별로 놀랍지 않다.

  굳이 그때와 지금의 차이점을 찾아보자면, 내가 학교를 다니던 때 그러니까 90년대 후반까지만 해도 막연한 희망이라는 게 있었던 것 같다. 지금 한국의 교육씨스템은 좀 쓰레기지만 조금씩 나아질 것이라는 그런 기대 말이다. 과연 90년대식 낙관주의였다. 실제로 고교 평준화가 확산되고, 야간자율학습이나 0교시 수업이 폐지되거나 축소되었고, 특목고나 사교육 문제는 어쨌거나 일부에 속한 것이었다. 물론 그전부터 강남 8학군 문제가 유명했고, 내 주위에도 학원을 다섯군데나 다니는 친구들, 각종 경시대회에 목을 매는 우등생들이 있었지만, 적어도 지금 같은 광기는 아니었던 것 같다. 상황이 악화되기 시작한 것은 90년대 이후 취업난이 만성화되고 비정규직이 확산되어 소시민적 평화로운 삶이 불가능하게 된 시점부터가 아닐까. 하지만 이때 나는 이미 학교를 떠났기 때문에 구체적으로 학교 안의 상황이 어떻게 달라졌는지를 말하는 것은 어렵다. 따라서 여기서부터는 좀 다른 측면에서 문제에 접근해보겠다.

2

요즘 사람들을 놀라게 하는 왕따 문제에 대해 고찰할 때, 그것의 인과관계를 좇아 학교 밖으로 나가는 것만으로는 부족하다. 오히려 왕따 문제가 학교 안의 다른 문제들과 어떻게 연관되고, 그 문제들의 그물망 속에서 어디에 위치하는지를 파악하는 것이 중요하다. 사실 교내 폭력 문제에서 가장 큰 영역을 차지하고 있는 것은 여전히 교사/학교의 학생에 대한 폭력이다. 이것은 단순히 교사-학생 간의 권력의 비대칭성에 의해서 파생되는 폭력만을 뜻하는 것이 아니라, 교사/학교에 의해 기성사회의 위계질서가 이식되는 과정으로서의 폭력도 포함한다. 학업 성적, 부모의 재산, 신체적 핸디캡, 성별 등에 따른 기성사회의 위계질서는 교사의 발언이나 학생을 대하는 태도에 의해 고스란히 재현되고, 학생들은 그 재현된 구조를 자연스럽게 내면화한다. 학생들이 교사가 정한 위계질서와 상관없이 독자적으로 자신들의 위계질서를 구축한다고 해도 (예를 들어 성적이 높거나 권력자인 부모를 둔 학생이 학생들 사이에는 별 인기가 없거나 왕따인 경우) 이미 학생들은 교사에 의해 구축된 위계질서를 예민하게 인식하고 있고 따라서 그것을 역이용하거나 무력화시키는 데서 쾌감을 느끼는 경우가 많다.

물론 기성사회의 위계질서는 교사가 아닌 학생들에 의해서도 이식되는데, 교사가 제시하는 위계질서와 학생들에 의해 구축되는 위계질서가 갈수록 동일해지는 것이 최근 학교폭력의 특징으로 보인다. 과거엔 교실이 학생들 스스로가 현실세계와 관련 없는 질서를 적용할 수 있는 일종의 완충지대 역할을 하기도 했다면 최근의 교실은 이런 기능이 무너져내린, 현실보다 현실의 위계질서를 더 선명하게 반영하는 정글이 되어버렸다. (이것은 과거의 대학이 현실에서 동떨어진 낭만적 도피처로서 기능했다면 최근의 대학은 현실논리를 노골적으로 반영하는 무한 경쟁의 장으로 변해버린 것과 비슷하다.) 이렇게 학교의 논리가 학생의 논리와 닮아가는 것은, 사회적으로 부모의 부가 학생의 학업 성적과 연동되는 것, 부모의 가난을 자식이 되물림하는 것, 다시 말해 다른 기회나 가능성이 현저히 줄어들고 모든 것이 예측 가능해지는 것, 그래서 사회 전체가 보수화되는 경향의 한 징후로 볼 수 있다. 실제로 최근의 학교폭력의 충격적인 측면은 가해자가 과거와 달리 비행청소년과 거리가 먼 평범한 학생인 경우가 많다는 것이다. 심지어 학업 성적도 양호하고, 집안도 여유로우며, 학교나 학생들 사이에 평판이 좋은 경우도 여럿이다. 초등학교 때부터 입시경쟁에 시달리고, 사교육에 의해 일상이 잠식당한 상태에서 경쟁논리에 완벽하게 사로잡힌 아이들에게 단하나의 윤리는 위계질서 속에서 도태되지 않는 것, 아니 가능하면 그 위계질서의 맨 위에 서는 것이 되어버렸다. 그러니 그 논리에 의해 지배되는 장에서 순조롭게 적응하여 살아가고 있는 아이들이, 엄기호가 지적하듯이* '배틀 로얄'식 소란의 가해자가 되는 것은 당연하다.

 하지만 여전히 의문은 남는다. 세상이 부조리로 가득하다고는 하지만, 왜 그들은 그에 맞서 세상과 차별화되는 자신들만의 고유한 정체성을 만들어가기를 포기하고 마치 유리창처럼 바깥세상의 부조리를 여과 없이 통과시키는 존재로 자신들을 격하시키는 것일까. 이 의지도 방향성도 없는 악행의 세계는 어디서 온 것일까. 그것을 알기 위해서 우리는 현재 한국에서 청소년이 갖는 독특한 위상에 대해서 생각해봐야 한다. 요즘 한국에서 청소년들이 갖는 위상은 무엇인가. 그것은 간단히 말해 인간이 아니라는 것이다. 요즘 한국의 중산층 가정에서 청소년들은 애완동물에 가깝다. 그들에겐 그들과 관련된 아무런 선택권도 없다. 오직 부모의 (그리고 사교육의) 물샐틈없는 매니지먼트의 대상일 뿐이다. 이들은 자유가 뭔지 알 수 없다. 왜냐하면 한번도 선택해본 적이, 그것에 대해서 책임을 져본 적이 없기 때문이다. 그러니 어떤 것도 그들의 책임일 수가 없다. 이것은 결국 사회의 기본적인 통념들, 도덕이나 상식 같은 것을 그들에게 적용할 수 없다는 말이다. 즉 그들의 삶은, 그들의 생각과 행동은 그들의 것이 아니다. 모든 것을 박탈당한 이들은 순수한 공백으로서 우리 사회의 부조리를 비추는 거울로서만 존재하게 된다. 그러니 그

---

* 엄기호 「노스페이스의 소실점, '왕따'」, 『르몽드 디플로마티크』 2012년 1월호.

무엇도 그들의 탓이 아니다. 비약하자면, 지금 한국에서 엄마를 죽인 10대만큼 무죄인 존재는 없다. (이것은 사실 청소년들에게만 국한된 이야기는 아니다. 요즘 한국의 젊은이들은 대학생이건 직장인이건 어느정도 애완동물처럼 살아간다.)

이렇게 한국의 청소년들은 개와 고양이와 자리를 다투는 한국사회 위계질서의 맨 밑바닥에 있는 희생자이자, 동시에 인간으로서의 최소한의 윤리조차 결여된 무시무시한 가해자로서의 모순적인 존재적 특징을 갖는다. 그들은 오직 징후로서 존재하고, 오직 징후로서 자신들에게 투영된 한국사회의 온갖 부조리에 항변할 수 있을 뿐이다. 이런 순수하게 징후화한 주체들이 어떤 파국을 불러올지를 2011년 여름 영국에서 벌어진 일련의 폭동사태를 통해서 목격할 수 있다. 그때 영국사회를, 나아가 세계를 경악하게 한 것은 그 폭동에서 아무런 의미도 목표도 찾을 수 없었다는 사실이다. 각종 취재와 인터뷰를 통해서 드러난 공통된 사실*은 그들이 스스로를 영국사회와 상관없는, 혹은 영국사회로부터 완전히 버려진 존재들로 생각한다는 것이었다. 기회가 주어지자 그들은 자신들의 분노를 말 그대로 낭비해버렸다. 사회의 부당함에 그로테스크한 자기파괴로 화답한 것이다. 자신들이 사는 동네에 불을 지르고, 비슷한 처지의 가난

---

* 영국의 『가디언』지가 런던정경대와 함께 벌인 공동조사의 결과물인 *Reading The Riots* 을 참고할 것.

한 이민자들이 운영하는 상점을 털었다. 동료가 훔친 운동화를 다시 훔치고, 훔친 티브이를 인터넷으로 팔았다. 그들은 정확히 미디어가 자신들을 바라보는 방식으로(아무 생각도 없는 폭도들) 행동했다. 그들은 카메라를 보고도 얼굴을 가리지 않았고, 부서진 상점 바닥에 떨어진 상품들을 주워담았다. 최소한의 자존감이 있는 인간이라면 하지 않았을 일을 그들은 했다. 왜냐하면 그들은 인간들의 세계(사회)에서 쫓겨난, 비인간들이기 때문이다. 그들이 인간이 아닌 이유는 간단하다. 그들은 영국사회가 인간으로서 필요하다고 끊임없이 말해온 것들—상품들을 구입하기 위한 돈이나 직업—이 없기 때문이다. 이들이 한국의 청소년들과 다른 것이 있다면, 한국의 청소년들이 애완고양이에 가까운 데 비해 이들은 도둑고양이에 가까워 보인다는 점이다. 그렇다면 우리의 고양이들은 적어도 비싼 사료를 먹으며, 주인들의 사랑을 듬뿍 받는다는 점에서 안도할 것인가? 하지만 그들이 여전히 인간이 아니라 고양이라는 점에서, 우리가 그들과 직접적으로 소통하는 것이 불가능하며 그래서 문제가 생길 때마다 낑낑거리면서 자신의 발을 물어뜯을 수밖에 없다는 점에서는 마찬가지 아닌가? 쓰레기통을 뒤지건 비싼 유기농 사료를 먹건 고양이는 고양이다. 인간이 아니다. 결국 이 사태의 책임은 그들에게서 인간이 될 권리를 박탈한 사회에 있다. 하지만 우리의 사회는(영국도 마찬가지다) 이 문제에 책임을 질 생각도, 그렇다고 이들을 인간으로 만들어 책임을 나눠 가질 생각도 없는 것처럼 보인다.

우리들

3

근본적인 해법은 이들이 징후 이상으로서 존재할 수 있도록 돕는 것이다. 쉽게 말해 그들에게도 사회구성원으로서 걸맞은 권리와 책임을 부여하는 것이다. 다행히도 최근 광주, 경기도에 이어 서울에서도 학생인권조례가 통과되었다. 큰 진전이긴 하지만 이것 하나로 문제가 해결되지는 않을 것이다. 사실 가장 절실한 것은 청소년들 스스로가 징후적 존재가 되기를 중단하고, 자신들을 애완동물로 다루는 사회에 맞서는 것이다. 희생자들이 배틀 로얄을 벌이는 것이 아니라 그 배틀 로얄 게임에, 부모를 포함한 기성세대들과 그들이 만든 씨스템에 대항하는 것이다. 역사를 돌아보면 투쟁 없이 권리는 주어진 적이 없고, 오직 투쟁을 통해서만이 인간은 인간으로서의 존엄을 획득했다. 다시 말하지만 이것은 한국의 청소년들에게 국한된 이야기가 아니다. 세계가 일련의 의미 없는 파국으로 이루어진 악몽으로 변해가는 것을 중단시키기 위해서라도, 우리는 동물이 되어가는 서로를 구원해야 한다.

지금의 연애

얼마 전 책 선물을 받았다. 뭘까, 봉투를 뜯자 강렬한 검은 글씨로 '자살보다 SEX'라는 문구가 튀어나왔다. 마치 저항할 수 없는 메시지를 전달받은 것 같았다. 그때 내게 특별한 자살 계획이 없었음에도 말이다. 알고 보니 그것은 무라카미 류의 에세이집이었다. 자극적인 제목에 삼개국어가 뒤섞인 표지가 묘하게 선정적이라 호기심이 일어 그 자리에 앉아 읽기 시작했다.

그렇게 못생긴 여자를 제외하고 나면 다시 여자는 두종류로 나뉜다. (…) '잔꾀'라는 말은 여자를 위해 생겨났다. 생물학적인 측면에서 말하자면 여자에게는 '지혜'가 없다. 『자살보다 sex』, 자음과 모음 2014.

우리들

페이지를 몇장 넘기지도 않았는데 여자인 나를 향해 선전포고를 하듯 저런 문장들이 쏟아져나왔고, 나는 준비도 없이 얼떨결에 그 전투에 참전하게 되었다. 하지만 다행인지 불행인지 그런 선동적인 부분은 도입부 몇장에 불과했다. 나는 곧 전투 의욕을 상실한 채, 좀 더 너그러운 마음으로 여자와 연애에 대한 비슷비슷한 이야기를 반복하며 나이 들어가는 류를 관찰하기 시작했다. 처음에 그는 전공투 세대 출신 꼰대답게 호연지기 따위 없는 요즘 젊은애들을 비아냥거리는 데 열을 올렸다. 하지만 나이를 먹어갈수록, 그러니까 책이 끝을 향해 갈수록 그런 쿨한 태도가 조금씩 바뀌어가는 것이 느껴졌다. 몰고 다니는 차종으로 남자를 판단하는 여자애들을 비판하고 화끈한 연애와 쿠바의 삶을 찬미하던 그가 갑자기 젊은이들이여 자살을 하느니 차라리 인스턴트 섹스라도 해다오,라고 애걸 아닌 애걸을 하고 있었다. 그렇게라도 인간과 접촉을 시도하라는 어찌 보면 처절한 메시지 같았다.

물론 자살이 나은지 일회용 섹스가 나은지, 혹은 두개가 실제로 교환 가능한지는 잘 모르겠다. 하지만 그것은 선동적인 슬로건이라 치고, 진짜 인상적인 부분은 요즘 애들이 연애를 하지 않는 건 일본이 연애가 필요 없는 사회이기 때문이라고 주장하는 부분이었다. 거칠게 요약하자면 이렇다. 지금 일본에는 연애담론이 넘쳐난다. 모두가 연애를 하고 싶어한다. 하지만 사실 일본에서 연애는 점차 사라지고 있다. 일본은 연애가 필요 없는 사회이기 때문이다. 그런데 그 핵심에는 일본이 하나의, 잘 짜인 공동체적 사회에 가깝다는 사실이 있다.

류를 대신해 부연 설명을 하자면, 공동체적 사회는 어머니처럼 그 구성원들의 필요를 섬세하게 충족시켜주지만, 바로 그렇기 때문에 구성원들이 독립된 개인으로 설 기회를 박탈한다. 일본사회에서 많은 젊은이가 고립주의를 택하는 이유가 그것이다. 그들은 피곤한 현실의 인간관계를 피해 추상적이며 안락한 공동체(어머니)의 품으로 숨어든다. 그런데 그것은 인간들로부터의 고립이지, 일본이라는 공동체로부터의 고립이 아니다. 오히려 공동체로의 투항이다. 어려서부터 체제의 섬세한 손길에 익숙한 그들은 예측 불가한 타인들과의 만남을 견뎌낼 수가 없다. 타인들과의 만남 가운데에서도 가장 예측 불가한 성격을 가지는 연애에 겁을 집어먹을 수밖에 없는 이유다.

조심스럽지만, 나는 앞의 이야기가 어느정도 한국에도 적용 가능하다고 생각한다. 한국사회도 가만히 살펴보면, 한쪽에서는 연애에 관한 담론이 넘치지만, 한쪽에서는 초식남 초식녀의 사연이 신문 사회면을 장식한다. 한쪽을 보면 모두가 연애 중인 듯한데 또 한쪽을 보면 연애조차 못하는 쓸쓸한 청춘들이 넘쳐난다. 어떻게 이런 모순적인 현상이 있을 수 있나? 솔직히, 우리들은 별로 연애를 하고 있지 않은 게 아닐까? 모두가 연애를 하지 않은 채로, 그저 연애에 대한 이야기를 하고 있는 게 아닐까? 그리고 그 이유는 우리의 삶에 연애가 별로 필요 없기 때문이 아닐까?

나는 유럽으로 몇번 여행을 갔는데, 그때마다 돈을 아끼려고 현지의 대학생이나 젊은 직장인과 아파트를 같이 썼다. 처음에 내가 느낀 것은, 유럽의 젊은이들은 하나같이 친구가 많고 연애전문가이며 파티에 미친 것 같다는 것이었다. 그러다 시간이 지나면서 깨달았다. 이들은 너무나도 순수하게 개인으로 존재해서, 친구나 연인 그리고 파티라는 이름의 관계망이 없다면 완벽하게 고립되어버리고 말겠다는 것을 말이다. 실제로 그들은 대부분 10대 후반에 가족을 떠나 생경한 도시에서 스스로의 힘으로 삶을 꾸려나가야 하는 처지였다. 모든 것을 자신이 책임져야 한다. 유럽사회는 어머니가 어린 아이에게 하듯 그 사회의 구성원들을 하나하나 챙겨주고, 간섭하거나 하지 않는다. 그런 상황에서 비슷한 처지에 놓인 타인들과의 관계는 선택이 아니라 필수다. 어떤 막연한 낭만적 환상이나 주위의 압력 때문이 아니라 생존의 차원에서 절실하게 타인이 필요해지는 것이다.

나는 한국에서 친교든 연애든 혹은 동네파티든 근본적으로 성립이 어려운 이유는 모든 것이 가족을 중심으로 돌아가기 때문이라고 생각한다. 그리고 점점 더 그 정도가 심해지고 있다. 그렇게 온 가족이 끈끈하게 달라붙은 채로 지내면 친구든 애인이든 별로 필요성을 못 느끼게 되어버린다. 물론 연애는 가족이 충족시켜줄 수 없는 무엇을 준다. 하지만 없으면 죽고 못 살 정도로 필수적인 것은 아니다. 반면 부모는 자식의 생존에 필요한 최소한의 경제적, 감정적, 사회적 자원을 끊임없이 공급한다. 문제는 그런 식의 절대적 안정성에 익숙해지면 불확실한 타인들과 관계를 맺는 것이 극히 어려워진다는 것이다. 이런 상황에서 연애가 희귀하고 값진, 일종의 스펙처럼 되어가는 것은 당연하다. 우리들에게 연애는 다이아몬드인 것이다, 물이 아니라. 누구도 다이아몬드가 없다고 죽지 않는다. 단지 질투가 나고, 갖고 싶을 뿐이다.

사람들은 결국 믿을 것은 가족뿐이라고 한다. 그것은 어쩌면 사실일 것이다. 친구도 사랑도 영원하지 않고, 피는 물보다 진하다. 그것은 어쩌면 진리다. 하지만 저 확실성을 벗어나지 않는 한, 새로운 세계는 펼쳐지지 않는다. 새로운 것 앞에서, 우리는 언제나 실패한다. 그리고 그 실패가 멈출 때, 우리는 그것에 익숙해졌다고 말한다. 낯선 것을 접하고 실패하고 그 낯선 것을 익숙하게 만드는 과정, 연애는 사실 이 과정을 좀더 극적이고 응축된 형태로 겪게 해주는 기제라 할 수 있다. 그러니 연애란 골치 아프고 성가신 것이다. 가족으로 대표되는, 무한한 안정과 신뢰의 세계와 다르다. 하지만 삶에는 그런 과정 또한 필요한 게 아닐까? 언제까지나 부모의 품에 안겨 있을 수는 없지 않은가?

　한 인간이 다른 인간을 애정하고 그리워하는 것은 하나의 필요이며 그 필요는 고독에 의해 가능하다. 그런데 가족 속의 인간에게는 그 고독이 결여되어 있다. 백 퍼센트의 안정과 신뢰를 찾아 길을 떠난다면 결국 돌아올 곳은 따스한 부모의 품뿐이다. 그러니 우리들의 연애가 점차 희귀해지며 동시에 일련의 과시적이고 소비적인 이벤트를 넘어서기 힘들어지는 것은 당연하다.

$$\frac{0}{5}$$

폐쇄된 풍경

자본에 의해 펼쳐진 풍경이
외부를 먹어삼키며 끝없이 확장해가는 동안
인간들에게는 어떤 일이 벌어지는가?
그들은 날이 갈수록 풍요로워지는 쇼윈도우와 반대로
끝없이 얄팍해지고 투명해진다.

폐쇄된 풍경

외부 없는 시대 내면 없는 인간들은 구토한다

1. 스타벅스

여기는 경기도 외곽의 한 스타벅스다. 위치만 제외하면 다른 스타벅스와 모든 것이 같다. 그것은 모든 것이 예측 가능하다는 뜻이다. 저 멀리 초록색 긴 머리를 풀어헤친 싸이렌 로고가 보일 때, 거기서 무엇이 기다리는지 짐작할 수 있다는 말이다. 그곳에서 무엇을 얻을 수 있는지, 어떤 냄새가 풍길지, 어떤 사람들이 어떤 식으로 앉아 있을지, 문이 열리면 점원이 어떤 식으로 웃으며 나를 맞이할지 알 수 있다. 나는 안정감을 느낀다. 그것은 고향에서나 느낄 수 있는 감정이다. 그런데 내 고향은 서울이고, 그것은 내가 태어난 당시의 풍경이 흔적 없이 사라져버리고 말았다는 얘기다. 대도시 출신들에게 고향이란 사전적 의미의 고향과 전혀 다른 장소다. 자신의 가장 내밀한 기억의 보금자리라기보다는, 차라리 누구든 입장할 수 있고 하여 언제나 모르는 사람들로 붐비는, 매년 인테리어가 바뀌고 입장권 가격이 오르는 테마파크에 가깝다. 아마도 그 테마파크는 오랫동안 거기에 있겠지만 테마파크를 언젠가 돌아갈 곳, 나를 위해 언제나 기다려주는 곳으로 이상화하기는 어렵다. 물론 요즘 젊은이들 사이에서 이런 종류의 고향에 관한 삭막한 감수성은 특별한 것이 아닐 것이다. 하지만 진짜 고향을 기대할 수 없다고 해서 고향이 불필요해지는 것은 아니다. 우리 모두는 고향으로 상징되는 편안함을 필요로 한다. 도시생활의 항구적 불안정성을 보안하기 위해서라도 도시인들에게는 유사 고향이 필요하다. 변치 않고, 언제나 나를 위해 기다려주며, 비행기로 열시간 떨어진 곳에서도 똑같은 것을 나에게 줄 수 있는 그런 곳 말이다. 어떤 사람들에게 프랜차이즈 커피숍은 그런 기능을 한다.

내가 스타벅스로 들어섰을 때, 그곳은 내가 원하고 기대하는 것을 제공할 만반의 준비가 되어 있었다. 나는 익숙한 커피를 주문하고 익숙한 의자에 앉는다. 커피에서는 익숙한 맛이 난다. 익숙하지 않은 것은 거리의 풍경뿐이다. 3층 창가 자리에서는 역 앞 광장이 내려다보인다. 광장의 벤치는 시간은 많지만 갈 곳 없는 가난한 노인들이 차지하고 있다. 요즘 한국에는 그런 노인이 아주 많다. 그들은 공짜로 시간을 때울 수 있는 곳이라면 어디든 간다. 공원으로, 지하철로, 도서관으로, 심지어 맥도날드에도 있다. 비슷비슷한 모자를 쓰고 잠바와 바지를 입고 비슷비슷한 표정과 자세로 허공을 바라보는 노인들로 뒤덮인 거리는 차마 보고 싶지 않은 우리의 현실이다. 광장의 구석에는 쓰레기 더미가 쌓여 있고, 그 옆에는 노인들을 대상으로 하는 허름한 포장마차가 늘어서 있다. 포장마차 주위에는 비교적 싼 가격에 채소와 과일을 파는 상점들이 늘어서 있다. 맞은편에는 언제나 쎄일 중인 속옷가게가 있다. 속옷가게 옆에는 파리바게트와 배스킨라빈스와 던킨도너츠가 추석선물세트처럼 나란히 서 있다. 그리고 그 사이, 속옷가게와 던킨도너츠를 비집고 들어선 자리에 스타벅스가 있다.

이런 변두리 동네에서 스타벅스 같은 외국계 프랜차이즈 까페에 가는 것은 흥미로운 경험이다. 까페로 들어선 순간 문 밖의 변두리 동네적 요소들과 완벽하게 격리된다. 이제 내 앞에 펼쳐진 것은 쾌적한 온도의 실내, 향긋한 커피 냄새와, 여유롭게 배치된 의자와 탁자들, 깔끔한 옷차림의 사람들, 적절한 음량으로 흘러나오는 음악이다. 음악은 올드재즈와 클래식과 동시대 영미권 팝음악이 적절한 비율로 섞여 있다. 은은한 조명 속에서, 창밖으로 보이는 풍경은 SF영화 속 슬럼가의 풍경처럼 차라리 이국적이다. 불황이 빚어낸 거리의 풍경을 낭만적인 눈으로 바라보기에 변두리의 스타벅스 3층 창가 자리만큼 적절한 장소도 흔치 않을 것이다.

단단한 현실 풍경을 영화 세트장처럼 만들어버리는 것은 스타벅스라는 공간이 추구하는 아메리칸 스탠더드라는 환상이다. 그건 한때 맥도날드가 주었던 환상이다. 세련되게 차려입은 채 한 손에 아메리카노를 들고 노트북에 머리를 박은 젊은이들로 상징되는 이미지를 스타벅스는 판다. 물론 그것은 이제는 추억이 된 2000년대 초반의 미국이고, 2010년대 대한민국의 소도시에서도 마침내 그것을 경험하는 것이 가능해졌다. 실제로 스타벅스가 대중화한 이 풍경은 서울 도심에서는 익숙해진 지 오래다. 스타벅스 말고도 비슷한 전략을 취하는 (에스쁘레소 베이스의 진한 커피와 적당히 듣기 좋은 영미권 팝음악, 노트북을 올려놓기 좋은 탁자와 콘센트를 보유한) 커피숍이 주택가에도 속속 들어섰고, 맥북과 아이폰 그리고 영어교재를 든 젊은이들이 그 장소들을 가득 채우고 있다.

이런 유사 스타벅스들이 파는 것은 놀라울 정도로 비슷하다. 하지만 사실 더 놀라운 것은 그것들이 절대로 동일한 하나의 세계관으로 환원될 수 없는 요소들의 복합체라는 점이다. 다시 말해 이런 공간들이 보여주는 것은 절대 함께할 수 없는 요소들을 하나의 세계로 응축, 환원시켜버리는 자본의 힘이다. 이 공간에서 우리는 혁명을 외치는 밥 말리의 목소리가 커피 향과 뒤섞여 토익 책에 머리를 박은 유니클로 차림의 여자애의 머리 위로 떨어지는 장면, 역 앞 가난한 노인들의 풍경을 매그넘 사진첩처럼 펼쳐놓는 창을 등진 채 공정무역에 관한 모토가 적힌 테이블 앞에 앉아 조지 오웰의 『1984』를 원서로 읽는 남자의 모습 따위의 아이러니한 풍경을 끝없이 발견할 수 있다. 오직 냉담한 관조자만이 이 모든 것을 무심히 지나칠 수 있을 것 같지만, 대부분의 사람은 미치거나 기절하지 않고 이 모순적 풍경 속으로 자연스럽게 녹아든다.

이런 뒤죽박죽한 조합이 보편화된 것은 포식성 좋은 자본주의 덕택이다. 공정과 무역, 유기농과 설탕, 디카페인과 커피, 나아가 문화와 자본, 따위의 상호모순적인 개념들을 결합시키며 끊임없이 새로운 시장을 창출해낸다. 심지어 소비자 또한 상품이 된다. 한 손에 캐러멜마끼아또를, 한 손에 아이폰을 든 채 소파에 늘어져 있는 여자는 그 자체로 스타벅스라는 공간의 살아 있는 광고판이자, 스타벅스가 파는 이미지 자체다. 그런데 사실 이 광고판은, 자신도 모르는 사이 팔려나가는 이 여자의 이미지는, 스타벅스가 파는 상품의 부록이 아니라 상품의 핵심이다. 즉 커피를 팔면서 덤으로 그 여자의 이미지를 끼워주는 게 아니라 커피를 미끼로 그 여자의 이미지를 파는 것이다. 이런 판매 전략은 판매/판매자-소비/소비자의 단순한 관계를 교란시킨다. 판매자는 상품을 미끼로 소비자의 이미지를 사고 그것을 미끼로 상품은 다시 팔려나간다. 다시 말해 판매자는 소비자를 소비자에게 판다. 그러니까 소비자는 자신이 뭔가 샀다고 생각하지만 사실 그것은 소비 행위라기보다는 자기착취 행위에 가깝다.

2. 외부 없는 공간

　이런 자본의 전략은 유행에 민감한 젊은이가 많은 도시 중심가에서 과격한 형태로 실행되고 있다. 그것의 한 예를 2010년 한남동에 문을 연 문화공간 테이크아웃 드로잉에서 찾을 수 있다. 그곳은 예술과 음료수 판매를 결합시키며, 문화적 경험과 제철 유기농 음식을 동시에 제공하겠다는, 식욕 넘치는 자본의 최신 판매 전략을 모범적으로 따르고 있다. 까페는 2층짜리 콘크리트 건물 전체를 사용한다. 1층과 2층의 널찍한 창은 그 안의 소비자들을 전시하는 쇼윈도우로서의 역할을 충실히 이행한다. 그것은 앞에 적었다시피 소비자 그 자체를 판매에 연루시키기 위한 공간배치 전략이다.

　언뜻 보면 철거가 진행 중인 건물로 보일 만큼 허름한 인상을 주는 이 공간은 지난 세기 말 유행한 폐허미학을 충실히 따르고 있다. 통일 후 동베를린의 버려진 관공서들이, 한때 악명 높은 슬럼가였던 맨해튼의 동남부 지역의 오래된 아파트들이, 그 모습을 고스란히 간직한 채로 불온한 매력이 넘치는 클럽과 갤러리로 재탄생한 것을 기념하듯 이곳은 무너진 벽, 전선이 훤히 드러난 천장, 아무렇게나 쌓인 콘크리트 벽돌과 종이상자 등으로 빼곡히 메워져 있다. 건물 입구까지 이어진, 도로와의 경계가 분명치 않은 풀밭은 슬럼가의 방치

폐쇄된 풍경

된 뒤뜰 같은 모습을 하고 있다. 풀밭 주위로 낮게 쳐진 펜스에는 자전거가 묶여 있고, 펜스 근처에는 가벼운 금속 재질의 여행용 접이식 탁자와 의자가 놓여 있다. 바닥의 잔디는 털갈이 중인 동물의 등처럼 비어 있다. 방치된 폐허 같은 분위기를 내는 이 모든 요소는 처음부터 끝까지 자연스러움을 목적으로 세심하게 디자인되어 있고 그래서 방문자는 영화 세트장에 온 듯한 느낌을 받게 된다.

문을 열고 까페 안으로 들어서면 노출콘크리트로 마감되어 아직 공사가 끝나지 않은 것 같은 느낌을 주는 벽과, 아마추어 목수가 취미로 만들어낸 것 같은 가구가 들어선 실내가 나타난다. 기본적으로 이 공간은 까페의 형식을 취하고 있지만 동시에 전시를 하는 갤러리이기도 하다. 하지만 단순히 작품들을 벽에 걸어놓는 것이 아니라 그 공간의 인테리어에 작가가 관여하는 방식을 취한다. 전시하는 작가가 바뀔 때마다 인테리어 디자인도 바뀐다. 그러니까 방치된 것과 디자인된 것을 구분할 수 없는 것을 넘어서서 어디까지가 전시 중인 예술작품이고 어디까지가 아닌지 구분할 수 없게 된다. 모든 것이 디자인되어 있는 것을 넘어서서 모든 것이 작품이다. 음료수의 이름부터 화장실 문짝의 색깔까지 어디까지가 작품이고 어디까지가 아닌지 알 수 없다. 메뉴판 자리에 부착된 타이포그래피 아트워크는 글자들로 채워져 있지만 그 글자들은 소통을 위한 것이 아니라 심미적인 효과를 위한 것이라서 읽는 것이 불가능하다.

역시 전시 중인 미술작가와 협업을 통해서 탄생했다는 음료수를 주문한 뒤, 2층으로 올라가면 분위기는 좀더 과격해진다. 가장 눈에 띄는 것은 부서진 벽이다. 그런데 그 벽은 원래 존재하는 벽을 부순 것이 아니다. 벽이 있을 위치가 아닌 곳에, 벽에서 3분의 1쯤 대각선으로 떨어진 곳에 부서진 벽을 흉내 내는 벽이 탁자들 사이의 파티션을 대신해 놓여 있다. 그 벽을 경계로 사다리꼴의 탁자가 나란히 놓여 있다. 건너편 탁자 위에는 아이맥이 놓여 있고, 그 아래 아이맥 포장 상자가 뒹굴고 있다. 그것을 가로지르면 콘크리트 벽돌을 가득 쌓아 만든 벽이 있고, 그 벽과 진짜 벽 사이에는 텅 빈 종이박스들이 나란히 놓여 있다. 종이박스들 너머에 화장실이 있는데 화장실의 문과 벽은 짙은 분홍빛이다. 그것은 내가 주문한 음료수, 그리고 음료수가 담긴 컵에 끼워진 종이 홀더의 색깔과 같다.

아이맥과 비스듬히 놓인 부서진 벽, 진달래색 음료수, 높이 쌓인 콘크리트 벽돌까지, 이곳에서는 모든 것이 본래의 용도를 잊은 채 이 뒤죽박죽 공간의 장식품으로서 놓여 있다. 벽을 흉내 내는 벽, 정원을 흉내 내는 정원, 신문을 흉내 내는 메뉴판 등 모든 것이 무언가 흉내 내고 있는데 그것들이 흉내 내려는 것은 바로 날것, 가공이 되지 않은 것, 뭔가 우연적인 것이다. 의도되지 않은 결과들을, 그러니까 흉내 낼 수 없는 것을 이 공간은 흉내 내려 하고 있다. 이 이상한 흉내 내기 세계, 모조품들의 신전, 언더그라운드 미학으로 설계된 테마파크에서 나는 시간이 멈춰 있는 듯한 느낌을 받는다. 돌아보면 그 안에 있는 사람들 또한 얼마간 이것저것의(90년대의, 80년대의, 미국의, 토오쿄오의, 아메리칸 어패럴의,) 모조품들로 보인다. 즉 그들은 테이크아웃 드로잉이라는 테마파크의 방문객이자 동시에 명예노동자들이다.

나는 그 공간의 노골적인 '믹스 앤 매치' 전략에 매혹되었고 그래서 사진을 찍으며 돌아다니기 시작했다. 흥미로운 것은 누구도 내 행동에 흥미를 보이지 않았다는 것이다. 아니 애써 흥미를 보이지 않는 척했다는 것이 정확하다. 심지어 내가 노골적으로 그들을 프레임에 집어넣어도 모르는 척 딴청을 부렸는데 마치 일초에 한번씩 카메라 플래시가 터지는 클럽 안에서 아무것도 모른다는 표정으로 몸을 흔드는 사람들처럼 보였다. 바깥에서는 까페에 의해 사람들이 전시되는 것처럼 보였는데 막상 안에 들어오자 사람들이 스스로 자신들을 전시하고 있었다. 그것은 나도 마찬가지였는데 나 스스로가 아이폰으로 사진을 찍는 사람이라는 역할을 부여받은 듯 느껴졌다. 그 공간 자체가 그런 사람이 하나쯤 있을 것을 요구하는 것처럼, 즉 공간이 그 안의 사람들이 스스로를 하나의 전시상품처럼 다루도록 원하고 있었기 때문이다. 실제로 모든 것이 너무나도 자연스러웠다. 마치 공간이 자연스러움을 디자인하듯, 사람들은 이곳에서 자연스러움을 연기하고 있었다. 아니 무엇을 하든 이곳에서는 자연스럽다. 패션 카탈로그 속 모델들의 괴상한 포즈가 자연스럽듯이.

　여기까지 생각했을 때 나는 이 공간이 가진 포식성에 놀라고 말았다. 내가 여기서 뭘 하든 상관없이 그것은 매 순간 이 공간에 대한 광고이자 상품 자체가 되고 만다. 무슨 일이 벌어지든 이 공간은 그것들을 먹성 좋게 먹어치운 다음 이미지화하여 라이프스타일 상품으로 가공하여 배설한다. 나는 내가 더이상 어디에 있는지 알 수가 없었다. 까페에 있는지, 웹사이트를 보고 있는 건지, 영화나 광고 안에 들어와 있는 것인지 패션화보를 보고 있는 것인지 알 수가 없다. 확실한 것은 보기에 좋다는 것이다. 그 보기 좋음을 위해 모든 것이 한줄로 늘어선다. 모든 것이 그 공간을 위한 풍경으로서 소비된다. 거기에선 모든 것이 풍경이고, 모든 것이 작품이며, 모든 것이 디자인이고, 결과적으로 모든 것이 상품이다. 모든 것은 팔려나가기 위해서 존재한다. 그러니까 그곳이 자신을 복합 문화공간이라고 설명하는 것과 다르게 거기에는 문화가 없다. 거기엔 문화를 제외한 모든 것이 있다. 커피와 쿠키, 책과 잡지, 예술과 음악과 디자인, 그리고 대화와 풍경과 분위기가 있다. 무엇보다 멋진 사람들이 있다. 그러니 여기는 일종의 유토피아다. 외부가 없는 폐쇄된, 아니 닥치는 대로 외부를 먹어치우는.

폐쇄된 풍경

3. 내면 없는 인간

자본은 모든 것을 상품의 이름으로 균질화한다. 상품이 될 수 없는 것은 없다. 가판대에 오른 순간 모든 것이 평등해진다. 코카콜라와 혁명가와 유기농 비누는 가판대 위에서 같은 가격표를 단다. 기원전과 기원후가, 스웨덴과 세네갈이 같은 가판대에 놓인다. 그 가판대는 모든 것을 환영한다, 단 상품으로서. 이렇게 자본에 의해 펼쳐진 풍경이 외부를 먹어삼키며 끝없이 확장해가는 동안 인간들에게는 어떤 일이 벌어지는가? 그들은 날이 갈수록 풍요로워지는 쇼윈도우와 반대로 끝없이 얄팍해지고 투명해진다. 외부가 없는 공간을 가득 채우게 된 것은 내면이 결여된, 셀로판지처럼 얇고 투명한 인간이다. 다시 말해 상품 진열대로서의 인간.

이런 식의 인간형을 인터넷에서 흔하게 발견할 수 있다. 페이스북을 떠올려보자. 사용자와 사용자의 관계를 친구로 정의하는 그 공간에서 우리는 친밀한, 사적인 세계의 냄새를 맡는다. 하지만 진실은 그 공간들이 불특정 다수를 향해 전면적으로 개방되어 있다는 것이다. 사적인 소통은 각종 기술을 통해 더 쉽게 더 빠르게 공유되고 확산된다. 별 생각 없이 던진 말 한마디가 한시간도 안되어서 수만명의 사람에게 공유된다. 사람들은 실시간으로 그 말의 주인공을 찾아내고 단 몇시간 만에 그가 살아온 삶의 대부분, 어디서 태어나서 어느 학교를 나와 어느 나라에 살고 어떻게 생겼고 직업이 무엇이고 애인이 누구이고 당장 어제 뭘 했는지까지 알아내버린다. 이런 사적 세계에 대한 개방성은 수많은 마녀재판을 만들어냈다. 모두가 자신의 일상을 공개하고 공유하는 이 세계에서는 모두가 마녀재판의 잠재적인 희생자가 될 수 있다. 하여 이 세계에서 최후의 승리자는 가장 재능 있는 자도 가장 아름다운 사람도 가장 돈이 많은 사람도 아니다. 가장 투명한 사람이다. 보이는 것과 감추어진 것이 동일한, 그래서 아무것도 감출 것도 속일 것도 없고 그래서 비밀도 의외성도 없는 사람. 예를 들어, 유재석이나 안철수에 대한 사람들의 열광은 이들이 이런 식의 투명한 인간형에 가깝다는 데서 비롯된다. 이들이 매력이 없다거나 본받을 점이 없다는 얘기가 아니다. 이렇게까지 매사가 투명한 인간이 되기 위해서는 수많은 자기수양이 필요할 것이다. 하지만 보이는 것이 다인 인간에게 내면이 존재할 수 있는가?

영화 「쏘셜 네트워크」의 주인공 마크 주커버그가 바로 이런 유형의 인간이다. 영화 속 마크 주커버그를 움직이는 동력은 헤어진 여자친구에 대한 복수심도, 돈을 많이 버는 것도, 그루피들과 섹스파티를 벌이는 것도 아니다. 그런 식의 스타플레이어가 되고 싶어하는 것은 오히려 냅스터의 창시자 숀 파커다. 주커버그가 원하는 것은 페이스북이라는 세계를 창조하고 유지해내고 확장해나가는 것이다. 그는 오직 그것을 위해서 움직인다. 그는 마약을 하지도 않고 딱히 남녀관계에 관심이 있지도 않다. 파티를 하거나 돈을 쓰는 데도 별 관심이 없다. 중요한 것은 오프라인에 존재하는 모든 사회적 관계를 공학적으로 환원하여 페이스북 안에 쑤셔넣는 것이다. 왜 그래야 하느냐고? 그야 당연히 그렇게 할 수 있으니까. 왜 내 모든 인간관계를, 나라는 인간의 사회적인 측면을 페이스북 안에 쑤셔넣어야 하는가, 그런 질문은 바보 같다. 반대로, 왜 그래서는 안되는가? 전세계 인간들의 관계망을 통째로 하나의 웹사이트 안에 쑤셔넣을 수 있다니 멋지지 않은가?

마크 주커버그에게서 결여되어 있는 것은 '왜'다. 왜 이런 써비스를 만들어야 하는가? 왜 인간관계는 계속해서 확장되어야 하는가? 왜 우리는 항시 접속되어야 하는가? 그리고 바로 그 의문이 빠져 있기 때문에 그는 가장 인간적인 세계를 잘게 부수어 교환 가능한 데이터로 만들어버릴 수 있었다. 이런 기획은 돈을 불러모은다. 평범한 인간들에 대한 빼곡한 데이터는 기업들이 가장 좋아하는 먹잇감이기 때문이다. 물건을 팔아치우기 위해서 더 나은 물건을 만드는 것보다 그 물건을 팔아먹을 대상을 꼬시는 법을 아는 것이 더 중요한 세상이다.(결국 이들이 판매하는 것은 '자기애'다.) 스타벅스나 테이크아웃 드로잉이 음료수가 아니라 소비자들을 멋진 이미지로 재탄생시켜 다시 소비자에게 파는 것처럼 말이다. 이런 판매방식에 페이스북에 집적된 정보는 아주 큰 기여를 할 수 있다. 어디든 있는

'좋아요' 버튼을 통해 우리는 쉽게, 우리 자신이 뭘 원하는지 알 수 있다. 사람들은 기꺼이 자신들이 뭘 바라는지 외치고 기업은 바로 그것을 제공한다. 유토피아다. 하지만 그것은 강제된 유토피아다. 페이스북의 세계에서 사용자는 존재하기 위해서 끝없이 좋아하는 것들의 리스트를 늘리고 '좋아요' 버튼을 눌러야 한다. 그것을 통해서만이 자신의 존재를 표현할 수 있기 때문이다. 자신이 존재한다는 사실을 알려야 '친구'를 만들 수 있으므로 계속해서 자신이 좋아하는 것들을 찾고, 클릭하고, 쌓아야 한다. 그리고 그 리스트와 자신을 일치시켜야 한다. 내가 리스트를 모으는 것이 아니라, 그 리스트 자체가 내가 되는 경지에 이르러야 한다. 나를 내가 좋아하는 것들과 일치시킬 것, '자기애' 그 자체가 될 것, 그렇게 내 존재를 부풀리고 동시에 쪼갤 것. 그런 식으로 탄생하는 것은 겉과 속이 일치하는, 완벽하게 투명한 인간이다. 그렇게 투명해진 인간에게는 외면도 내면도 없다. 내용도 형식도 없다. 그저 무수한 데이터들의 조합이 있을 뿐이다. 80년대식 바지에 20년대식 셔츠를 입고 한 팔에는 명품가방을 걸친 채 빈티지숍에서 산 만원짜리 구두를 신은 젊은이의 외양에서 우리는 아무런 시대적 경향도 맥락도 찾아볼 수 없다. 그것은 차라리 페이스북의 '좋아요' 리스트 같은 것이다. 그런데 알다시피 데이터의 조합은 언제든 바뀔 수 있다. 아니 바뀌어야 한다. 테마파크가 계절마다 인테리어를 바꾸듯이 말이다. 그것이 이 시대가 말하는 인간적 성숙이자 자기계발이다. 이 시대의 인간은 언제든지 갈아

폐쇄된 풍경

끼우거나 새로운 것을 채워넣을 수 있도록 가능하면 깨끗하게 텅 빈 자아를 유지해야 한다. 투명하고 넓은 진열공간으로서, 순수한 자기 애를 위한 무한한 '좋아요'의 공간으로서, 끝없이 확장되어야 한다. 그런데 이렇게 진열대로서의 인간, 그 진열대에 채워진 상품들을 통해서 오차 없이 측정 가능한 인간이란 여전히 인간인가? 그들을 여전히 인간이라고 부를 수 있는가? 혹은 그것은 진화된 미래의 인간인가?

4. 토 상태

> 사람들은 미소 짓고 있었어요. 모두가요. 그건 폭동이라기보다는 말 그대로 모두를 위한 축제 같았어요. 먹을 것과 춤과 음악 대신 공짜 쇼핑 기회가 있는 축제요.*

상품들의 조합인 현실 공간과 데이터들의 조합인 인터넷 공간을 살아가는 이 시대의 인간들은 마침내 상품과 데이터를 쌓아놓는 투명한 인간 진열대가 되어버렸다. 내부와 외부가 구분되지 않는 존재인 이들에게 공적인 것과 사적인 것의 차이는 무의미하다. 아마도

---

* http://www.guardian.co.uk/uk/2011/dec/05/summer-riots-consumerist-feast-looters

이들에게 세계란 결혼식장에 흩날리는 색종이처럼 알록달록한 파편들로, 무해하고 무의미한 기호들로 이루어진 스펙터클로 보일 것이다. 규격화된, 두께 없는 조각들로 이루어진 평평한 스펙터클의 세계. 그들은 이것이 세계의 진리라고 여긴다. 위선과 위악으로 가득 찬, 거짓말과 정치적인 협잡들만 일삼는, 한없이 불투명한 구세대들이 만들어낸 정치경제적 위기의 직접적인 피해자가 된 그들에게 투명함이 최고의 덕목이 되는 것은 어쩌면 자연스럽다. 하여 이들은 어떤 감추어진 비밀도, 사적인 위장막도 용납하지 않으려 한다. 그래서 이들은 잘못된 자들은 재판정으로 보내는 대신 신상을 털어 공유한다. 불균형과 불일치를 용납할 수 없는 이들은 차라리 내면을 깨끗하게 비워버린다. 가치란 사기를 치기 위한 알리바이일 뿐이고, 내적 갈등이란 변절의 징후일 뿐이다. 이런 세계관은 곧장 내용에 대한 거부로 표현된다. 내용이 없으면 형식 또한 부재할 수밖에 없다. 내부 없는 외부가 존재할 수 없듯이. 완벽한 투명함이란 일종의 절대적 부재다. 물론 거기엔 여전히 뭔가 희미하게 남아 있다. 내용도 형식도 없는 흐릿한 어떤 흔적, 일요일 아침 대로변을 덮은 토사물 같은 것. 그런 것들이 요즘 젊은이들이 만들어내는 것이다.

　그것의 한 예로 2011년 여름 런던에서 벌어진 일련의 폭동 사태를 들 수 있다. 8월 4일 스물아홉살의 흑인 청년 마크 더건이 토트

넘에서 경찰의 총격으로 사망한 사건에서 촉발된 이 폭동의 근저에는 청년층의 높은 실업률, 빈곤, 박탈된 교육 기회 등의 뿌리깊은 문제가 있다. 실제로 일주일 만에 폭동은 잦아들었지만 근본 원인들은 해결되지 않아 또다른 폭동의 불씨를 남겨놓고 있다. 폭동 참여자의 많은 수가 수년 내 비슷한 폭동이 재발할 것이고 폭동이 재발한다면 다시 참여할 것이라고 이야기했다. 무료 쇼핑을 즐기는 듯한 상점 약탈 장면들로 사람들에게 충격을 준 이 폭동의 특징은 아무런 정치적 의미를 함유하지 않은 것처럼 보인다는 것이다. 아니 그것을 완강히 거부하는 듯 보인다는 것이다. 가장 문명화된 도시의 한복판에서 벌어진, 가장 원시적 형태의 폭동. 거기에서 분노는 어떤 것으로도 승화되지 못하고, 그저 역겨운 토사물의 흔적들에 불과하게 되었다. 물론 거기 무언가 없는 건 아니다. 이 폭동은 무언가 말하고 있다. 아니 그런 것 같다. 하지만 그것은 말을 배우지 못한 어린애의 칭얼거림 혹은 시끄럽게 짖어대는 짐승의 형상에 가깝다. 전하려는 내용도 방식도 지나치게 원시적이다. 한마디로 번역될 수 없다. 하지만 끊임없이 관객을 호출한다. 사람들은 호기심을 갖고 그것들을 들여다보지만 발견되는 것은 구토의 흔적들뿐이다. 이 널려 있는 토사물을, 투명해진 인간들이 토해낸 이 흔적들을 우리는 어떻게 해석해야 하는가?

1938년 싸르트르가 『구토』를 출간한 후, 구역질이란 근대인의 위태로운 실존이 필연적으로 동반하는 멀미를 상징했다. 한 인간의 내면은 역겨운 현실과 화해할 수 없다. 하지만 펼쳐진 현실은 벽처럼 견고하다. 해서, 그는 토한다. 따라서 그가 여전히 토할 수 있다는 것은, 역겨움을 느낄 수 있다는 것은, 그가 아직 자아를 가진 인간다운 인간이라는 것을 의미했다. 하지만 우리 시대 구토란 전혀 다른 의미를 지닌다. 인간들은 여전히 토하지만, 그것은 과거와 달리 인간적인 것의 상징이 아니다. 그것은 강박적이고, 기계적인 행위에 가깝다. 과거의 구토가 철학적이었다면 지금의 구토는 정신병리적이다. 즉 요즘의 구토는 식이장애 환자의 구토다. 젊은 여성 거식증 환자들은 비위가 상해서가 아니라, 몸매 유지에 대한 강박으로 인해 토한다. 세상은 먹을 것으로 가득 차 있고, 그것들은 사람들의 식욕을 끊임없이 자극한다. 하지만 그것을 다 먹어치웠다가는 미디어 속의 근사한 인간들, 즉 비싼 상품을 끝도 없이 늘어놓을 수 있는 멋진 상품 진열대로서의 인간형에서 영영 멀어지고 만다. 하지만 어느 때보다 강해진 상품들의 유혹에서 벗어나는 것은 거의 불가능하다. 하여 폭식과 구토를 반복한다. 대상을 음식이 아닌 다른 것으로 바꾸어본다면—뉴스, 메신저, 섹스, 쇼핑—우리들은 모두 스스로가 어느정도 식이장애 환자들이라는 점을 인정하지 않을 수 없다. 엄청나게 많은 정보, 상품 따위를 먹어치운 뒤 발작적으로 유발되는 구토. 역겨움을 느낄 줄 아는 인간으로서가 아니라, 심리적 고장을 일으킨 환자로서의 구토.

폐쇄된 풍경

이런 형태의 구토는 포털사이트 댓글이나, 끊임없이 도착하는 알림과 메시지들로부터 광고들, 그리고 문화예술의 영역에서도 쉽게 발견된다. 엄청나게 많은 아이디어를 먹어치운 다음 토해내듯 만든 형체 불명의 결과물들. 그것들은 한때 포스트모던 미학으로 분류되었고, 가능성으로서 칭송되었다. 하지만 토는 토일 뿐이다. 한계를 모르고 먹어치우고 토하는 것을 반복하는 것은 재능이나 탁월함이 아니라 병이다. 토사물을 모아서 뭔가 만들 수 있다는 생각을 버려야 한다. 아니 그전에, 구토를 멈춰야 한다. 그러기 위해서는 끝없이 먹어치우는 것을 중단해야 한다. 한정된 공간-인간 안에 무한정 뭔가 쑤셔넣을 수는 없다. 우리는 한계를 받아들여야 한다. 더 늦기 전에 규모에 의해 혁신이나 혁명적 움직임이 가능하다는 사고를 수정해야 한다. 자본의 식욕은 한계가 없다. 하지만 인간은 아니다. 넘쳐나는 토사물은 자본의 식욕에 의해 붕괴되고 있는 진열대 인간들의 현실을 보여준다. 세계 전체가 토사물에 휩쓸려버리기 전에, 아니 세계 전체가 거대한 토사물이 되기 전에, 최대치로 부풀어오른 자본의 욕망에 대해 그만,이라고 말해야 할 때가 되었다.

0 이하의 날들

초판 1쇄 발행 • 2016년 1월 22일
초판 2쇄 발행 • 2017년 8월 21일

지은이/김사과
펴낸이/강일우
책임편집/박지영
조판/황숙화
펴낸곳/(주)창비
등록/1986년 8월 5일 제85호
주소/10881 경기도 파주시 회동길 184
전화/031-955-3333
팩시밀리/영업 031-955-3399 · 편집 031-955-3400
홈페이지/www.changbi.com
전자우편/lit@changbi.com

ⓒ 김사과 2016
ISBN 978-89-364-7278-8 03810